U0784740

阅

阅读成就思想……

Read to Achieve

剧本游戏写作入门

王曦　杜红军◎主编

中国人民大学出版社
· 北京 ·

特别鸣谢

共青团北京市朝阳区委员会

鸣谢

汪海林　雷米　刘毅　刘誉　赵江波

卷首语

写给剧本游戏创作者：青年编剧要以身作则

青年编剧的个人创作是记录时代的缩影，反映了个人对国家、民族、社会、世界的认知。青年编剧是创作者团队中最活跃的先锋力量，爱国、爱党是本分，是职责。做对社会有贡献的事，是信念，是理想。只有明辨是非、恪守正道、保持定力、严守规矩，对更多的人产生积极的影响，奋斗当下，创作的作品才有价值和意义，人生才能真正有所收获。

共青团北京市朝阳区委员会（以下简称“朝阳共青团”）相关负责人对编者说：“共青团是党的助手和后备军，肩负着对青年、青少年做思想引领工作的使命。要把思想引领贯融到青年群体中，联系实际，组织、引领其参与社会活动的全过程，内容导向是不容忽视的环节。剧本游戏通过内容直接触达青年、青少年群体的思维和认知，值得关注。共青团在能力所及的范围内，有责任对内容创作者、生产者提供有益的指导、示范。带领他们学习社会主义核心价值观，辅导创作，提升作品质量，建设有凝聚力的行业社群，培养创作者的社会责任感，坚定其理想与信念，勇担时代的使命。”

截至 2021 年，中国共产党建党一百周年，五四青年运动也走过了百年历程。在这光辉岁月中，可歌可泣、打动人心的故事不胜枚举，是青年编剧写作题材的沃土，应铭记历史、不忘初心。朝阳共青团焕发党团联动的活力，计划筹备以“百年青运史”为主题的剧本游戏创作征集活动。在未来，以学习党史、新中国史、改革开放史、社会主义发展史为主题，选取历史大事件、革命英雄事迹、时代楷模典型为内容，为青年编剧提供参与创作的机会，孵化以《红色海棠》为代表的优质项目，将“四史”学习以大众喜闻乐见的休闲方式，深入社会群众中。

剧本游戏《红色海棠》海报

该图片由共青团北京市朝阳区委员会提供。

剧本游戏行业发展不到五年，参与群体有两个显著特点：（1）无论是内容生产还是消费，年轻人的参与度都非常高，且人数一直呈上升趋势；（2）剧本游戏不同于有固定规则的桌面游戏，它的内容千变万化，可以满足年轻人不同的喜好。作为一个以内容为导向的行业，不断吸收青年力量是一件好事。市面上的产品，其中不乏优秀的作品，但也有偏向虚无和夸张的东西，良莠不齐是现实存在的问题。对于青年编剧来说，所创作的作品是一个引领青年、青少年价值观的载体，会带来有益还是有害的影响，都在写作者的一念间。

青年编剧，首先是新时代的中国青年，其次才是编剧。因此重视作品的价值导向、以身作则是成为一名优秀编剧的前提。何为"以身作则"的标准？朝阳共青团相关负责人引用了《习近平对新时代中国青年的深情寄语》中的经典语录："新时代中国青年要自觉树立和践行社会主义核心价值观，善于从中华民族传统美德中汲取道德滋养，从英雄人物和时代楷模的身上感受道德风范，从自身内省中提升道德修为，明大德、守公德、严私德，自觉抵制拜金主义、享乐主义、极端个人主义、历史虚无主义等错误思想，追求更有高度、更有境界、更有品位的人生，让清风正气、蓬勃朝气遍布全社会！"

以朝阳共青团为主导的创作小组挖掘历史人物原型，以马骏烈士舍生忘死、勇敢无畏的革命经历为故事素材，以 20 世纪 20 年代为时代背景，虚构设计了惊心动魄的谍战任务，作为剧本游戏的核心事件。《红色海棠》是将革命烈士事迹题材与谍战机制剧本游戏相结合的一次尝试和探索，传达了“为有牺牲多壮志，敢教日月换新天”的鲜明主题。回顾这部标杆作品的创作历程，对青年编剧的写作有着积极的指导意义。

20 世纪 20 年代末，著名爱国学生运动领袖、中国革命先驱者马骏烈士担负起了中国共产党北平市委地下组织部恢复和重建工作。他在当时的北平积极开展秘密活动，于 1927 年 12 月被捕，在狱中受尽折磨，1928 年 2 月牺牲，年仅 32 岁。

创作小组设计了八个人物，题材类型定位在谍战机制。“红色海棠”有三重意义：第一，当时中国的版图如秋海棠之叶，为革命抛头颅洒热血的共产党人是中华大地上绽放的红色力量；第二，“红色海棠”是一个代号，代表地下党执行的秘密任务；第三，红色海棠也是这个剧本游戏中起到起承转合作用的核心诡计（简称核诡）事件。

故事有两条叙事线索：第一条是谜案叙事线，六国饭店发生枪击事件，为共产党传递组织情报的线人遭遇不幸，推测到底谁是真凶；第二条叙事线，是秘密任务泄露，推测到底谁是叛徒。八个角色，既与党组织名单有关，又是六国饭店枪击事件的目击者。他们的身份都是普通人，包括富商、门童、巡警、绅士、馄饨摊贩、特派员、狱警、审判长，除了地下党，还混有军阀特务。参与游戏的玩家要完成破译密码、赚取经费、传递情报、找到真相等多重任务。创作小组经过三轮测试打磨，完成了剧本游戏的文本写作，制作成正规印刷品，并在盒装本的基础上与合作店家优化了道具、服装、场景设计等环节，打造身临其境的沉浸体验。

《红色海棠》的时长分为两种版本：一种是比较符合单位组织一场红色主题学习的活动时长；另一种是三四个小时的版本，更注重智力、推理的考验。运营模式也与社会上销售的商业剧本游戏有所不同，目前采取公益性定价。

其创作的初衷有两方面。一方面，马骏烈士的年龄与新时代的中国青年相符，也是风华正茂，能让当下的年轻人通过阅读文本、扮演角色，沉浸在烈士当年面对的险境中去思考、去抉择。在参与推理、对战的过程中获得真切的体验，深度体会忠爱国家、追求和平、无私无畏、舍身为民的革命精神。朝阳共青团将《红色海棠》作为年轻党员干部、“两新”领域青年群体红色教育思想引领的一个学习载体，寓教于乐，也面向社会，公开开放预约。另一方面，希望通过这部作品打开青年编剧的选题思路，着眼于新中国成长的历史，将红色题材与年轻人喜欢的休闲方式有机结合，提升创作空间。比如，反映革命先烈义无反顾、前仆后继主题的谍战机制本；反映大国外交、改革开放浪潮的战略机制本；以原子弹爆破、“东方红”卫星上天、北京奥运会等科学、文体大事件为背景，反映普通科研人员、运动员为国争光的情感沉浸本……写作思路由此展开，皆是通途。

前 言

踏上剧本游戏写作之路

《剧本游戏写作入门》是一本指导国产剧本游戏写作的工具书。我们专注这一领域，希望借助本书为剧本游戏的原创写作提供专业知识和思路，从而为有创作热情、工作需求的读者提供帮助。

桌面游戏类型多种多样，按照玩法，划分依据并不是绝对的。剧本游戏作为一种舶来品，起源于欧美。通常分为三大类型，分别是英式侦探桌游、德式版图桌游、美式冒险竞技桌游。

本书所阐述的国产剧本游戏，与英式侦探桌游极为相似。英式侦探桌游是一种宴会圆桌游戏，社交聚会、实况角色扮演和破解谜案是此类桌游的三大关键词。玩家通过演绎剧本中的角色，找出真凶或者隐匿自我身份，破解、还原谜案真相。国产剧本游戏拥有与英式侦探桌游相似的文本结构，类型又不局限于单调的推理。内容结构的形态属于TRPG①的一种，D&D体系②对中国早期网络文学的影响也非常大。国产剧本游戏在这两种游戏体系的催化下，形成了可观的受众群体。在游戏体验层面，国产剧本游戏提升了个体玩家的情感代入，每一位参与者之间的秘密关系也被设计得更加紧密。此外，国产剧本游戏还结合人物之间的矛盾冲突，增加了触发玩家多种情绪的延展设定，并基于主题、题材、体验感产生了丰富多样的类型。

国产剧本游戏强调规则简洁，参与者容易理解、操作，并依靠游戏机制来实现玩家间的制约和互动，有德式版图桌游的影子。不过，国产剧本游戏又突破了德式版图桌游在介质、人数等方面的局限，拓展为四人及以上的玩家配置，更为游戏环境、实体道具提供了广阔的发挥空间。

国产剧本游戏也汲取了美式冒险竞技桌游的设计思路，每款剧本都拥有一个独特、明确的主题，围绕这一主题，展开谜案故事、线索推理、单人剧情线、集体任务等设计，引导玩家对未知事物进行探索与发现，并加入了机制、玩法、阵营对抗。剔除了美式桌游考验玩家运气的博彩色彩，弱化了淘汰带来的挫败感，重在平衡体

① TRPG是指桌上角色扮演游戏（Tabletop Role-playing Game）。

② D&D体系是指以《龙与地下城》为代表的一系列商业化桌上角色扮演游戏。参考《网络文学经典解读》（北京大学出版社），邵燕君著。

验，触发每一位参与者的选择，建立参与者之间的心理博弈。在游戏过程中，参与者在合作与对抗间切换，抉择不断，欲罢不能。总之，国产剧本游戏融合了英式、德式、美式三大类 TRPG 的设计优点，从业者依托国内市场进行改造，形成了其独特的魅力。

本书浅析了国产剧本游戏（以下简称为“剧本游戏”）的发展现状，以及玩家、店家、发行、作者之间的商业逻辑；展示了如何充分利用前人反馈的经验，让潜在客户了解原创编剧的作品价值；收录了交互设计、线下互动游戏经营者、影视娱乐从业者的观点；展望了充满挑战和机遇的未来。无论你的职业经历和专业背景如何，只要你对剧本游戏这一新生事物感兴趣、有疑问，就可以在本书中找到答案。

本书也是零基础的剧本游戏编剧（后简称“新手编剧”）搭建结构、设计内容、避免踩坑的实用写作指南。本书共分八章，每章都是独立的，对剧本游戏感兴趣的读者可以从头到尾来通读。对于职业编剧，除了通读外还可以快速浏览，找到对写作有指导意义的实用技巧部分。本书总结了剧本游戏的五个主要文本组成部分（线索卡、人物剧本、组织者手册、玩法说明、剧情公示），并分别阐述了各自的写作要点和写作技巧，提出了在写作实践中常见的棘手问题，比如，如何控制游戏时长和文本字数？如何通过文本判断体量？如何从线索卡入手把控结构？这部分内容全部来自真实从业者的经验之谈，给读者指明了分析问题的专业思路，以及解决写作难题的指导建议。

现阶段，剧本游戏的代表编制、佳作数量、社会影响力并没有形成类型研究的基础。我们依据现有的市场情况，追根溯源，将每一种出现的类型说法进行了解析，意在为新手编剧提供明确的参考依据，减少因概念混淆而发生创作偏离的概率。本书从写作要点的角度出发，分析了市场上已出现类型的依据，并解析了硬核推理本①，情感沉浸本②，机制、阵营本③，主题氛围本④的写作要点，为了方便读者理解相关概念，编者采用名家对话、从业者自述、互动思考等形式进行阐述。例如，在硬核推理的类型解析中，我们对话作家雷米，探讨如下问题：线索证据如何设计？谜案硬核原理的尺度如何把控？推理与角色设定有机结合的方法是什么？在核心诡计推理的写作实践中，可能会遇到哪些写作问题？对此进行一一解答。在其他类型的解析中，我们采用了从业者自述的方式，其主控的剧本游戏项目，也是市场上流通的且具有一定发行量、知名度的品牌

---

① 硬核推理本是剧本游戏最原始的类型，玩家的操作以推理为主，重在考验玩家智商，运用知识和思维逻辑破解谜案，进而找到真相。

② 情感沉浸本是以情感为主题，重在让玩家沉浸、被情感打动，弱化了谜案推理的剧本游戏类型。

③ 机制、阵营本分为机制本和阵营本，通常会有一个明确的游戏机制贯穿其中，角色设置明显分为两个或两个以上的对立阵营，是一种有对抗玩法的剧本游戏类型。

④ 主题氛围本是一种以文艺作品主体内容为核心设计，调动玩家综合情绪体验的剧本游戏类型。狭义的“主题”是提供单调的氛围或生理感受。如今所提倡的主题氛围本是围绕优质的影视作品、文学作品开发独特的剧本游戏。

盒装剧本。入选案例虽为商业化产品，但前提是立意健康、积极，不违反法律，不涉及黄色、暴力、恐怖的内容，意在阐述这类纯商业化剧本的写作参考价值，依托主控者的分享，阐明观点，启发读者思考。不存在对某一类、某一套纯商业化盒装剧本及某一品牌商家的好恶评价。

有关写作实用信息的内容，我们着重分析了密室诡计对写作的借鉴意义。卡尔的密室诡计对剧本游戏核诡的设计具有很实用的参考价值，相较单纯的罗列、归纳，第 6 章重在提供基于密室模型的发散思维，站在前人的肩膀上，提供引导新手编剧突破瓶颈的思路和方向。比如，如何在密室中设计承载时空的元素？密室设定与人物动机如何延展？重在提供核诡设计的参考维度，虽然这个答案不是唯一，但方向明确，合情合理。

在第 7 章中，阐述了 DM（Dungeon Master）这一新兴职业的岗位特色，以及 DM 如何在有限的时间里实现对玩家定向情绪的引导与表演输出。介绍了如何将最高任务、贯穿行动、内心独白、有机天性、规定情境、性格化等这些来自斯坦尼表演体系的专业概念有效融入剧本游戏的演绎中，打造组织者的自我魅力，增强感染力，给玩家带来直观的感受，掌控一场身临其境的剧本游戏之旅。

本书倡导一种健康、积极、正能量的创作态度，力求纠正剧本游戏在野蛮生长时期单纯追逐猎奇、经济利益、过度娱乐化的倾向。引导每一位读者建立正确认知，让从业者由衷感到剧本游戏是一份能获得荣誉、尊重与实现自我价值的职业。我们期待每一位新手编剧在阅读本书后，都能以社会主义核心价值观为导向，树立正确的三观，深入群众的休闲方式，把着眼点放在夯实专业基础上，并追求文学高度，站在具有责任感、使命感的起点上进行创作。

目录 CONTENTS

第1章

剧本游戏的本质属性

剧本游戏的本质：交互游戏

剧本游戏是什么？

剧本游戏不是一种文体，而是一种线下交互游戏，是一个由文学剧本、逻辑推理、实景体验组成的社交系统。

因此，编剧所要做的是让这个系统有效运转，在组织者的引导下，让每一位玩家去谈论它、享受它，对它欲罢不能。

“推理大师”是国内首家以社会派推理互动产品崛起的企业，身为创始人之一的赵江波，基于实践经验，对剧本游戏的定位也是如此。他认为，“剧本游戏的本质，其实是角色扮演游戏，玩家通过一场互动，去体验一个不一样的故事，或者代入一个不一样的人生”。剧本游戏带有明显的角色扮演特征，打破了屏幕这一介质，是角色扮演游戏逐渐与互动叙事靠近的产物。

因此，剧本游戏的第一属性是社交，一套盒装剧本是一个具有社交属性、核心设计为平衡体验感的产品。作为产品，其商业属性非常明显，编剧所做的工作是生产“畅销”，让更多店家将作品购买入店，让更多玩家为其买单。在创作中，编剧既要建立产品思维，又不能丢失作品的文学性。在剧本游戏的创作中，追求艺术形象鲜明、具体、典型，艺术情节生动、曲折是正确的选择。更重要的是，它的结构要严谨、完整，能形成一个自圆其说的逻辑闭环。语言表达要能准确、清晰地阐述创作者的想法。组织者、玩家能够在简约的描述中迅速领会其意，这个特质远比华丽的辞藻、优美的描绘重要。

谁是产品的使用者？用户想获得什么？他们之间将要通过哪些方式建立对话？在这个过程中，他们如何获得极大的心理满足？这些都是编剧要思考的，而不是在自我想象中去完成一部作品。文字是编剧构建剧本游戏世界的砖瓦，交互游戏对于写作者来说的确是一种抽象的思维。纵观一个行业的从无到有，寻找其本质是理解事物最快捷的方式。那么，在成为一名剧本游戏编剧之前，你是否自问过：我的创作思维是什么？是建立在哪一种理论之上？剧本游戏究竟是复古的娱乐潮流还是屏幕时代的必然趋势？我们只有放下创作的欲望，着眼于人类心理的诉求、信息传递的基本方式，方能找到答案。

交互设计与剧本游戏创作——可用性、游戏性、文学性

于向飞　交互设计 /UI 设计专家

每个人都有扮演第二角色的欲望，人类个体天生具有迷人的差异，在互联网时代，个人与文化身份的多元性

也展露无遗。正如在《赛博空间的奥德赛》（*Cyberspace Odyssey*）一书中，作者约斯·德·穆尔（Jos de Mul）提到了 20 世纪 80 年代末，美国逐渐呈现出的一个虚拟世界异化的社会现象。作者在书中畅想未来，认为人有很大一部分时间都生活在数字空间中，通过数据端建立人与人的交流，在屏幕作为信息载体走入千家万户，不需要人工的便捷通信陡然激增的时期，多重变态人格综合征的患者数量也会激增，这类人拥有两种甚至更多的人格，在美国本土可能会达到 300 万人左右，占当时美国人口的 1%，这个现象被称为“人格分裂症的春天”。即使患者的数量惊人，社会学对其研究的态度也没有停留在对病症的恐惧，反而更加重视人们对诉说、扮演、交流的心灵渴望。

人的幻想是合理的，渴望扮演另外一个人也是应获得尊重和理解的，可以通过人为的手段为其实现需求——这种做法本身就蕴含着商机。网络游戏的风靡，就为这一大众心理现象触发的商业机会提供了佐证。网络游戏会给玩家赋予新的角色，并为其提供一种与现实生活不一样的方式，让其去和其他人交流，满足一个普通人演绎别样人生的需求，这足以促使一个产业萌发、发展和盛行。

因此，正如剧本游戏所使用的英语词汇为“play”那样，玩家既要遵守游戏规则，又要参演一段戏。玩家相当于参加了一个成本较低的表演，不需要大段台词，只需遵从规则和指引，按照剧本的提示向其他人传递信息。当然，剧本游戏的本质是一种交互游戏，人在某种规则下产生的交互行为要通过语言、动作、规则得到一个指向结果，这和所有互动游戏的逻辑都是完全一样的。

编剧要做的事情是递进的：第一，是让游戏如何进行下去，即可用性；第二，是要告诉所有人怎么玩才能达到最好玩的效果，即游戏性；第三，是如何让引导玩家进入的说明文字和话术更美妙，即文学性。

可用性

每个人都在无时无刻地做着与解决问题相关的事情。人类对游戏有一种天然的喜好，这源于人类迷恋解决问题。从设计的角度来看，交互设计的本质是设计规则和行为，让互动者通过解决问题，产生设计者预期的形象和结果。交互设计最基本的原则是，要先认清互动者是谁，所设计的内容是否符合他的行为逻辑，是否和互动者的预期相悖。例如，让一个人去按下洗手间的灯开关，符合逻辑的结果是灯亮了或者灯没有亮，这是灯泡给我们的反馈。如果指向的结果是马桶出水了，那么这就是反常规的，不符合预期的。

在信息交互的概念中，我们要考虑的不是马桶出水带来的惊喜，而是要考量信息在这个递送的过程中是否出现了问题。设计者提供信息，促使互动者做出相应的行为，通过这个行为产出信息，再递送、分发给其他人，保证信息在环境中的流动，这个系统能否合理运转是一个前提。在剧本游戏中，一个好的交互是给每个角色都能提供一个可以生产信息的出口。这个出口的形式，可能是一个人为冲突、一个关口、一种突发情况、一项要完成的任务或一个讨论的机会，最终目的是让游戏能够推进，而不是停滞不前。一旦角色在信息交流中出现了分歧，设计者（编剧）就要提供相应的预案（如 DM 的指令、玩家的技能、线索卡片的补充信息），让游戏强制进行下去，不能受阻，这是运用交互设计思维进行剧本游戏创作实践的底线。换句话说，在一个剧本游戏中，每位参与者（角色）的信息生产行为都不能背离游戏设计指向的期望，即使是反转，也要保证合理性和真实性。在游戏的设计中，逻辑完整是很重要的，不一定是复杂的逻辑，但一定要完整。如果交互系统有缺陷，就会导致游戏无法继续下去，这就是缺乏可用性，标榜其追求游戏性、艺术性就更不成立了。

游戏性

游戏性，即如何让游戏更好玩，是交互设计中另外一个专业概念——提升用户体验，通过道具、辩论规则、交流方式、肢体互动的指示，可以提升用户体验。剧本游戏的信息载体主要是文字，依据最原始的核诡推理。可以看出，这是一个把带有悬疑推理色彩的文本分解再造的过程。设计的难点在于，如何把情节分解、分配给每一个角色，最后这些内容还可以串联、融合，进而拼接成一个完整的内容。在交互设计中，这被称为信息结构的设计。

设计结构，先要明确信息发送和抵达的位置。比如，设计一个App，对于不同角色的用户是完全不同的信息传递方式。例如，淘宝有三种不同身份的“人”——平台本身、买家、卖家。三者的关系很明确：卖家有贩售需求，买家产生购买行为，平台的希望是承担更多的交易。买家主动购物，平台会提供符合其购物需求的信息模块，例如，产品搜索框、商品排行榜、同类商家、比对商品质量、消费愉悦程度的评分等根据买家的行为数据的推送。卖家希望自己的商品被更多的人看到，平台提供营销工具、活动、优惠券等，让商家更好地展示自己的商品，比对经营类别，调整供应链、存货量、销售策略。这一套系统都是为了一个明确、简单的目标——让信息的交互更精准地实施和执行。

交互设计把产品的需求细化为可执行的方案，这个思维延展到线下交互游戏的创作中就是，编剧作为设计者，要为玩家提供信息，开启一个类似“猜你想搜”的功能，激发玩家对剧本中热点事件的好奇心，然后再为其推送与热点相关的关键词，让玩家们一起生产信息，改变他们从相对无言到主动交流的现状，用简洁的方式调动、取用他们的隐性需求，实现一个带有社交属性的可以进行角色扮演、强制对话、交换信息的即时互动场景。

文学性

玩家扮演探索者，游戏模式有趣，开放度、自由度高。不过，由于剧本游戏的信息载体是文字，因此最重要的设计还是文本本身。如果文字很糟糕，无法激发玩家阅读的欲望，那么即使玩法再先进，也会走入误区。只有把一篇精彩的文学作品转化成游戏，才可能让玩家在互动中收获感动、快乐和成就感。所谓的交互模式，都是转化行为和信息的方法，并不能决定一个带有文学性产品的吸引力。

互动与思考

问：音频进度拖拽功能如此便捷，为什么微信的语音条不可以拖拽进度？

参考答案：由于微信的交互准则是让尽可能多的人群完成操作，用户老少皆宜，因此要最大化地提高通信的效率。音频拖拽进度功能对于上班族来说非常好用，但是会极大地增加其交互的复杂程度和难度。对于老年人来说，他们只需要一个点击操作就可以听语音，如果加入拖拽功能，就会令他们陷入迷茫。因此，交互的前提是要了解你面向的人群，人群不同，你所采取的设计准则也会有所不同，而设计准则是要贯穿于整个系统的运行中，一旦发生了跳跃，就会让用户在实际使用时产生脱节和不适的体验。

剧本游戏的优质形态

有人预言，剧本游戏线下体验店会和“狼人杀”“三国杀”等桌游的结局一样，待主力付费人群的消费动机趋于稳定后，剧本游戏就会褪去热度。也有研究者做了不完全统计：2021 年，中国电影票房突破了 450 亿，位居世界首位。这一年，国产剧本游戏也拥有超过 150 亿的市场规模，有人预测，在未来三到五年，剧本游戏紧逼电影产业，很有可能实现价值比肩。

无论是保守的预判还是前景无量的预测，剧本游戏的从业者都要面临千变万化的挑战。这个新生业态走入我们的视野，也与综艺节目的带动密不可分。也许你并没有玩过剧本游戏，但是你在现实生活中一定接触过网络综艺的相关信息。继芒果 TV 出品的《明星大侦探》引领悬疑探案类综艺走入观众视野之后，2021 年堪称剧本游戏与综艺节目携手共进的一年，爱奇艺先后推出了多档优质的推理类综艺节目,《萌探探探案》《奇异剧本鲨》《我是大赢家》等陆续上线，得到了大批年轻观众的青睐。其中，《萌探探探案》收获了口碑和收视的双赢。

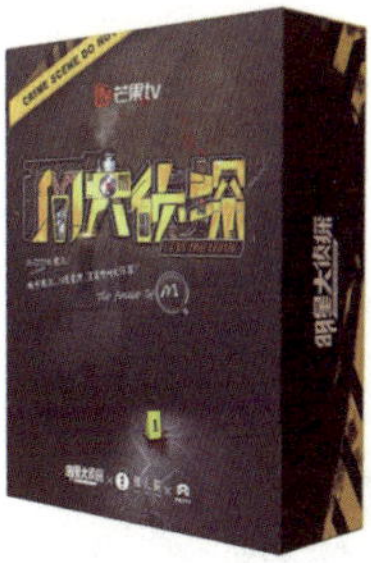

《M 大侦探》解谜书设计图

该图片由“惊人院”提供。

突破现有的固定模式，融合多样化的媒体形式与先进的技术，展现剧本游戏非凡的魅力与想象力，是从业者奋斗的方向。剧本游戏已经迈入了一个百花齐放的产业时代，那么给行业注入核心能量的驱动力是什么呢？必然是优质的内容，即我们要用什么样的思维去生产内容。在动笔之前，我们要统观前人的成功模式，机遇自然孕育其中。

极致芯片

杨天意　“惊人院”创始人

我们生产的不是电脑，而是芯片，IP 就是内容行业的芯片。“惊人院”的使命就是让好故事更有价值。我们希望，每位内容创作者都能尽自己最大的努力把擅长领域的内容做到极致。我们既是创作者又是运营者，更是帮助更多创

杨天意卡通形象
该图片由“惊人院”提供。

作者实现商业化的品牌。

“惊人院”从一个原创故事公众号开始，发展为一家多元化的文化性产品研发机构。我们搭载多种媒介和形式，不断生产可持续发展的主题内容。我认为，这套系统是可以复制的。未来，剧本游戏行业会百花齐放，“惊人院”也会通过这个系统赋能创作者和整个行业。

何为“内容芯片”？“惊人院”从 2017 年发展至今，公众号连载了几百万字的原创小说，拥有 1446 篇原创故事，这个 IP 系列是支点和源头，也是我们构建的世界观内核。我们从这一核心出发，向社交娱乐产品的各个领域，搭载不同形式并延展开来，继而迭代。文创产品是其中一个主要形态，在此基础上，推出图书周边、解谜书、剧本游戏等，每个分支产品的设计，都多多少少与“惊人院”有关，不仅仅是一个 logo，还代表项目之间的共通。“惊人院”不仅是一个品牌名，也是一个内容 IP。尽管产品信息搭载的媒介不同，但内核是相同的，都是基于跨次元文学、高品质的类型化创作，依托移动互联网，生产具有传播性、娱乐性、故事性和社会价值的作品，无论形式如何变化，都万变不离“惊人院”。因此，它是我们的内容芯片。

“惊人院”也是一个故事体系，你可以将它理解为一栋研究大楼，地理位置在星河路 404 号，分为非正常事件档案楼和地下培植中心两个部分。在这个基地，我们生产百万字长篇小说，以及短篇故事、系列单元剧、有声剧等文学性产品。团队专注优质的脑洞大开的、悬疑网生内容的开发，深耕类型文学，打造垂直内容社区。除了“惊人院”系列的读者群体，行业内外对我们产生兴趣来自几个被广泛熟知的案例。一个是上过热搜的系列故事，一个是实景剧本游戏《红皇后的茶会》，还有一个是综艺节目《萌探探探案》。

《红皇后的茶会》（以下简称“红皇后”）是“惊人院”出品的一个换装类实景搜证经典推理本，难度属于新手入门级（新手向），很适合女性用户在休闲时间参与。它将服装、道具、场景、机关、机制、结局设置融合在一起，主打“茶会”这一主题，每个环节都能带动高效率的互动，营造内容仪式感，为玩家提供综合体验。“红皇后”也是我们把实景体验和剧本游戏相融合的初次尝试。这个项目的故事也是“惊人院”系列的一个衍生，情节、人物、世界观都与其有交汇，游戏进程中会有彩蛋，角色互为 NPC[①]。

① NPC 是“非玩家角色”的英文“non-player character”的缩写。在剧本游戏中，指与玩家互动，调动情绪，不需要玩家扮演的游戏角色。在“惊人院”系列中，指一部作品中的角色出现在另外一部或多部作品中的设计概念。

我们在研发过程中，结合了剧本游戏、密室、悬疑小说的写作经验和实践体验，构建兴趣点，加入了多结局设置和推理游戏机制。

2019 年底，“红皇后”作为“惊人院”实景剧本馆原创互动游戏项目推出，之后成为国内第一个洛丽塔主题换装实景剧本游戏。洛丽塔服饰文化属于“三坑文化”①的一种，相对小众。剧本的创作期并不长，集中创作了两个月，研发却用了半年。2019 年，我们开始立项，团队中的女性编剧是洛丽塔服饰圈层的爱好者，也是启发我们进行创作的主力。最初的设想以及目标客户群体都非常明确，因此我们吸引了这个圈层的用户群。项目火了之后，我们基于此剧本，和有戏酒店打造了国内首个实景酒店剧本游戏，突破了店面的局限，这一创新的设想让场景破壁成为“红皇后”区别于同类产品的优势。

在此之前，剧本游戏的主要活动场所就是门店，而这个场景应用存在壁垒。与门店相比，酒店的地理位置优越，沉浸环境更加真实，合作方也会提供更专业、更完善的客房服务。部分玩家本身也是酒店的客人，如果他们有休闲时间，就很愿意参与一场充满仪式感又有趣的剧本游

① “三坑”是指洛丽塔、JK 制服、汉服三种服饰风格爱好者描述其喜好的常用措辞，由于进入这一流行服饰圈层需要花费大量金钱和精力，故爱好者称之为“入坑”。“三坑文化”是基于服装细分产业的一种亚文化现象。

戏。我们提供上门开本[1]业务，包括专业的DM、服装道具、NPC演员等，酒店提供场地、餐饮和配套服务。一场共有八位玩家参与，我们为女性玩家准备了洛丽塔服装，为男性玩家准备了绅士服装。他们隆重着装，出席精致的茶会，在酒店实景里搜证，享受全方位的沉浸式体验。在实践中，的确会有一些现实的问题，比如，在搜寻证物的过程中可能会有玩家打扰到其他客人休息的问题，因此，我们目前还是将活动场地尽量控制在固定房间和酒店公共区域。同时我们也会基于玩家的体验，不断优化玩法，推出了迭代版本的剧本。

把服务扩展到真实的生活场景中，实现突破环境限制的应用，是"红皇后"项目的一个亮点，而非内容的核心。内容是生命力，要是没有高品质的内容，那么就算经营模式搞出任何花样，也是在浪费社会资源。"红皇后"能被消费者接受和喜爱，源于"惊人院"的前期积累和独树一帜的优质剧本，以及叠加创新模式导向的结果。产品的核心竞争力，仍然源于"惊人院"这块内容芯片的建构理念。

剧本游戏的创作在未来是可以实现工业化的，强调创新、审美与艺术性，并不意味着要抛弃方法论。虽然类型创作是有套路的，但要是最终呈现出的作品能满足玩家的

① 开本是指组织玩家进行一场剧本游戏。

期待，那么也会很精彩。剧本创作是一种隐形的工作，属于幕后工作，成果会延迟。与用反常规的方式另辟蹊径相比，打造一个独立的爆款，掌握清晰的脉络，将其不断精进，则是一种相对稳定的经营理念。谈到生产，就一定离不开工业化。

工业化并不是否定创新；相反，内容创新是“惊人院”的生命线，是最基本的要求，而不是加分项。我们倡导编剧保护想象力，不要被市面上现有的产品故步自封，剧本游戏的最终形态是未知的，就像谜案不一定要有凶手，惊悚不一定要有鬼怪，谈情说爱也可以有悬疑色彩一样，剧本游戏的呈现取决于编剧的思路，其创作的自由度很高，发挥的空间也很宽广，自主权掌握在作者手里，只要能在当下把握机遇。

《萌探探探案》也是一个创新产物，其创作模式和普通盒装剧本非常不同。这是一档需要明星参与大量室内外活动的综艺节目，集游戏性、观赏性和趣味性于一体。导演吴彤对其定位非常明确，《萌探探探案》首先是一档综艺节目，其次才是剧本游戏。我们遇到的最大问题，是从来没有面对过这样一个新物种。平台需要基于用户需求的数据反推节目内容，对于编剧团队来说，是模式创新加命题创作。于是，我们按照导演组提供的构思和IP内容，结合剧本游戏的设计思路，生产出一个能给观众带来愉悦感的视听产品。

在剧本创作期间，有两个方面的问题需要重点考量。一方面，是要用视听语言设计游戏环节，明星嘉宾要玩得明白，观众更要看得懂，明星嘉宾也需要在节目中树立鲜明的形象，整体以观赏性为主。因此，在这个节目中，剧本游戏中的核诡和推理位列次要位置。在游戏进程中，导演要求我们不断爆梗，制造名场面，以防观众感觉无聊，产生疲惫感。另一方面，也是我们工作的重中之重，就是判定创作导向的优先级。游戏人设、经典 IP 角色、嘉宾人设是三个不同的人物创作维度，在每一期的剧本写作中，都要明确“需要以哪个创作维度为基准”的问题。此时，类型创作的方法就显得尤为重要，要先判断剧作类型，然后确立主线、推敲细节。在实际写作的过程中，导演组的构思、明星嘉宾的配合程度、后期剪辑的效果、环境变化、预算等因素都会对剧本创作产生决定性的影响。如何满足多方的需求？我们会与每一个参与摄制的团队磨合，最终以需要迫切解决的因素作为出发点并进行指导创作。因此，频繁沟通、频繁修改剧本是一个常态。在工作的过程中，节目组和明星嘉宾都给予了编剧团队很大的支持，这令我们非常感动。可以说，《萌探探探案》的收视佳绩，离不开节目组每个人的付出。同时，平台也提供了最佳的宣传力度，“惊人院”作为合作编剧团队得到肯定并提升了知名度和综合影响力，也受益于这个项目。

在创办"惊人院"之前，我在作家出版社上班，过着平凡的日子，与大多数同龄人无异。先做了营销、编辑，最后从事了发行工作。我不是一个内容创作者，而是一个商业操盘手，我在中国最好的出版社领略过最好的小说作家、专业图书编辑、厉害的发行都是怎么工作的。在我知道什么是好东西且有了自己的判断和审美后，就发现了通往优质商业内容的有效途径——专注和耐心。

专注和耐心是老生常谈，这对于编剧来说是非常重要的。其实，大部分创作者的写作能力都差不多，优秀创作者的耐心源于对自我准确的定位，他们知道这是一项工作，而不是自嗨。剧本游戏是一个大众化的产品，而不是悦己产品，如果只是基于自己的生活半径承担创作任务就会有局限性。良好的心态是前提，丰富的知识体系和创新思维的灵活运用是宝贵的编剧能力。我希望新手编剧不要有太多顾虑，敢想、敢写、敢创新，不要被现有的模式束缚，坚持本心，保持对写作的热爱。为此，我们成立了公司，帮助作者、编剧解决他们的后顾之忧，增加收入、提高知名度，注重他们实际的需求，只有面包和梦想兼得，他们才能静下心来创作。因此，我相信，未来会有更多的人成为职业剧本游戏编剧，以一种有保障、有所得的方式投入写作。

芯片是可以量产的，但要将出厂设置做到尽善尽美。

只有把自己能做的东西做到极致，才能在山顶相遇。“惊人院”仍在努力，向山顶攀爬。我们目前做到的，只是在剧本游戏领域发现了一套素人创业的模式，这是时代给予的福利。未来五年，是剧本游戏的光明时期。随着受众的年龄层和喜好变化，每个时段流行的主题也会随之改变，绝不可能永远流行同一个题材、同一种类型，更加丰富的游戏款式会得到市场的青睐。我认为，盒装本也不会消失，而是会向着极致沉浸、输出形态多元化、场景多样化的方向发展，衍生出更多可能性的 X 版本。原创超级 IP，以及精品内容的品牌、厂牌也会如雨后春笋一般涌现。我相信，会有越来越多的从业者走上可持续发展的道路，用科学、专业的方法，生产有价值的优质内容。

剧本游戏卖给谁

剧本游戏上市之前，销售这个行为在生产期就已经开始了，编剧要推销的对象，首先是监制、发行、店家，接下来才是玩家。什么样的内容可以打动他们？游戏时长、参与人员、实地条件的考量与作品的卖点同样重要，这三个方面决定了它是否能被生产出来。

你的剧本要卖给谁？你的买方是谁？你力求把玩家的体验设计到极致，但是，地区受众的特点对其有何影响？如果没有一点想法，那么一开始就是在深坑里创作。

原创剧本卖点的考量：玩家和店家的需求

金金　编剧、剧本监制、编剧帮剧本游戏内容总监

胡土土　剧本监制、白日梦连锁品牌主理人

金金

该图片由金金提供。

胡土土

该图片由胡土土提供。

身为剧本监制，我们遇到最多的问题是，编剧不知道剧本游戏是什么样的东西。我们给他们提出一个点，他们就写一个点，思维并没有形成一个系统。养成剧本游戏思维很简单，要想成为专业、优秀的剧本游戏编剧，就一定要多打本[①]，对不同类型的游戏体验建立自己的认知和了解，在熟悉基础知识和基本的写作模式之后，更要打破原有的东西，并在此基础上进行创作，避免把创作禁

① 打本是指一位玩家参与、体验某一套剧本游戏的过程。

锢在自己的思维里。

对于一名全职剧本游戏编剧来说，完成一部作品的平均时间是三个月；对于一名兼职编剧而言，由于时间精力有限，因此创作期会更长，需要几个月甚至一年的时间才能完成一个剧本。剧本完成后，还需经过多次测试和修改才能最终投入市场，制作周期就会被拉长。

剧本游戏的选材非常丰富，但是大家感兴趣的题材有限，因此有趣的题材往往被抢先了，付出工作的效果会大打折扣，所以每个监制都渴望剧本创作又快又能保证质量。

剧本游戏和影视作品创作的最大区别是：在影视作品中，往往有主角和配角之分，配角是为主角服务的；在剧本游戏中，人人都是主角，毕竟玩家花了同样的钱，因此他们需要均等的戏份和均等的体验。玩家需要从自己的视角出发，且每个人都是主角。因此，在剧本游戏的创作过程中，编剧需要给每个角色编织专属的完整故事线，并且角色之间需要建立交互网，确保人物关系足够密切、互动充足，围绕着主体故事线，像蜘蛛网一样去营造沉浸感，这样玩家才会买账。

如何快速判断你的剧本中人物关系是否足够密切？介绍一个简单实用的方法——数名字。也就是说，在其中一个人物的剧本中，其他角色的名字一共出现了多少次？统计一下人名的数量，就可以判断出人物戏份的平衡程度。

如果有的名字出现很多次，而有的名字只出现一两次甚至是根本没有出现，那么这个角色就是比较边缘的角色，需要在人物剧本和与其他人物互动的部分补充一些内容。

无论是剧本游戏编剧还是监制，都要对剧本游戏有自己的认知和理解。剧本游戏的类型不同，对应的写作方式也不同，会有不同的侧重点，写作方法既要遵循在传统文学作品中的基础逻辑，也要遵循特殊的规则去完成创作。

目前，市面上的剧本游戏成品数量繁多，大批同质化的内容也令人担忧。2020 年，剧本展两个月举办一次，后来随着行业的爆发式增长，展会的数量明显增多。到了 2021 年，一个月能有十几次展会，每一次展会都会有上百个新作品进行销售，平均一个月发行的新本数量可想而知。作为剧本游戏行业的从业者，与玩家还是不一样的，钟爱某一题材的内容、有情怀固然是一件好事，但始终要面对商业环境，在行业飞速发展的今天，创作也得跟得上发展的步伐。

说到原创剧本对于店家的吸引力，需要注意以下几点。（1）无论是题材还是设定，都要足够新颖、足够吸引人，让人觉得有趣。即便是传统的设定，如果可以玩出新花样，那么也不失为一个好的选择。（2）在剧本的类型上，只要能做到极致就是最好的选择：欢乐本要很欢乐，让玩家闹成一片；推理本要缜密，破解真相之后，要诱发发现真相的快感。主要类型不能乱，即便是复合型剧本，类型也要过渡得自然，情绪递进得不突兀。（3）从商业角度来说，一个本子的角色数量、整体时长、对 NPC 人数和表演经验的要求，都是店家需要考量的。店家首选的本子，是那些价格高、时间短，且不需要消耗过多工作人员的产品。此外，店家还会考虑到自家店的风格和特点，并参考市面上的流行趋势，尽量做到两者均衡，毕竟喜欢什么类型的玩家都有，众口难调，不如做出特色，让玩家购买个性服务。因此，作品也要给店家留出店改的空间。

在此，我们可以给新入行的编剧一些建议。先是要多打本，多玩才能形成对剧本游戏的认知和理解。有了一定的认知和理解之后，再开始学习如何写剧本，之后再去打破这些认知和理解，忘记原有的模式，做出新的东西。编剧总是容易陷入自己的思维定式中，但是剧本游戏本身就是一个崭新的行业，更开放，也有更多的可能性，因此编剧需要向更广阔的地方去延伸、拓展、发散。

决定入行之前，编剧要先进行自我评估，看看自己是否可以写剧本游戏，如果可以的话，最好考虑全职，投入更多的时间精力，成长的速度也会更快。有些编剧往往缺乏对自我的定位，还没怎么玩过剧本游戏就入行来写，最终导致写出来的东西四不像——说是故事吧，又融入了一些游戏的成分；说是游戏吧，又缺少很多设计。有些编剧交上来的本子，甚至连最基本的线索卡都没有，完全不知道一个完整的剧本游戏需要具备哪些组成部分。

至于剧本内容，一定不能抄袭、生搬硬套或是大篇幅抄袭电影、电视剧的剧情，这是非常不可取的。不过，倒是可以借鉴。比如，很多优秀的古风本都借鉴了唐代的笔记小说《酉阳杂俎》，内容包含了古代志怪小说，记载了各地的珍异之物。中国古典文学和传统文化是一个宝库，编剧们不妨在编写剧本、寻找素材的时候多看看这些经典，少盯着电影、电视剧，毕竟观众们大多看过了，太容易被识破。

要想成为剧本游戏监制，最好的建议（老生常谈）就是，在实践体验中有自己的认知和理解。有两种人比较适合做监制：一种是自己曾写出过成功的剧本，得到了市场的认可；另一种是其本身就是一位优秀的DM，因为DM是直面玩家的，知道玩家的视角和需求，对于大众的口味、游戏的习惯有更精准的判断。剧本游戏的编剧，不需要追求多优美的文笔，应将准确表达放在第一位。在创作中，更要站在市场的角度去考虑商业的呈现。毕竟，剧本游戏是一种商业性的产物，我们最终的目的是在保证内容质量的前提下生产“畅销”。

互动与思考

问:《金田一少年事件簿》和《柯南》两者的卖点有什么不同? 如何将这个不同点借鉴到剧本游戏的构思中?

参考答案:柯南的成功在于极致的设定,主角是一个成年人变成了小孩,与心爱的人在一起但又不能相认,其他角色有科学怪人、警匪、神秘组织、魅力怪盗。金田一则是把视角专注于谜案推理中,在故事构架和谜案设定上非常缜密、优秀。这是两种不同的创作思维,他们都将一个方向做到了极致。

第2章

剧本游戏的选题思路

剧本游戏编剧从哪里来

2016 年，芒果 TV 推理综艺节目《明星大侦探》热播，开启了国产剧本游戏的元年。此后，线上剧本游戏 App、文旅项目、剧情向密室逃脱如雨后春笋一般涌入大众的视野。主打沉浸式体验的剧本游戏线下店也在全国各地开花。

2017 年，各个线下体验剧本馆开始迅猛发展，仅用了不到五年的时间，它就成了娱乐产业的主力军。线下门店的主打产品，就是盒装剧本。在此之前，TRPG 在国内还是一个相对小众的领域，作为一个舶来品，剧本游戏与英式圆桌推理游戏有着密不可分的亲缘，目前被广泛肯定的来源是英式侦探桌游。随后，在推理小说、类型电影与 D&D 体系的影响下发展出千变万化的形式。基本的生产流程分为这样的三个阶段：内容创作、剧本宣传发行、门店经营。剧本游戏编剧是内容创作阶段主要的生产者，团队中还包括剧本监制、剧本顾问、测试员、发行专员等职位。剧本游戏的创作人群，除去店家、发行、监制、DM 等从业者，来自社会的人群可归纳为以下四类，每类人群画像都各具优势，也有明显的局限性。

第一类人群是老玩家。他们是最早的一批剧本游戏职业编剧，参与一场剧本游戏，被称为“打本”。在打本的过程中，结识了店家的经营者、剧本监制或发行方，因个人感兴趣并具有写作能力，便进行自主创作，与店家建立合作。老玩家活跃在行业的前沿，对市场有敏锐的嗅觉，能精准地把控玩家的心理。然而，由于他们通常没有经过系统的写作训练，文本质量参差不齐，因此创作风格大多基于个人的好恶。

第二类人群是网络小说作者。随着 IP 在影视领域跌下神坛，网络小说作者门槛降低，新晋小说作家日渐压力倍增，收入却不断缩水，有创作能力和写作速度的网络小说作者转型为剧本游戏编剧，投稿线上创作，或参与线下盒装剧本游戏的写作。一个剧本游戏，文字阅读量基本破万，网络小说作者完全能胜任这种写作强度，但是也会面临着需要突破的难点。因为他们写作小说的习惯已经固定，且要遵循“情节推动人物命运在环境中发展”这一小说写作的基本思路；相反，剧本游戏要求同一剧情在不同人物的剧本中反复出现，还要在这种复写模式中设计线索拼图。因此，不少习惯了小说创作的作者，很容易陷入抒发人物心境的陷阱，将大量的笔墨用于描写心理，忽视了设计紧凑的情节，在写作中丢了西瓜捡了芝麻，导致逻辑混乱。

第三类人群是影视编剧，这类人群在剧本游戏行业的数量日渐增多。影视寒冬导致大批职业编剧“下岗”。作为影视行业的从业者，他们大多通过剧本发行方或者店家发布的招聘需求被招募，以就业的形式进入行业。影视编剧虽然专业能力过硬，但问题也极为明显。剧本游戏重在玩家的体验和操作，需要影视编剧调整主创思

影视编剧兼职 DM 为玩家播放音乐

该图片由畹庐空间提供。

维。然而，影视编剧通常不能理解与商家、发行方的合作模式。全约合同、无限改编权、编剧没有著作权、零首付、测试意见相对个人化、销售分成不确定等这些“不专业”的情况，让习惯规范签约、有偿写作、以市场数据为创作导向的影视编剧望而却步。

第四类人群是培训生作者，培训生作者的产生与剧本游戏行业的蓬勃发展密不可分。剧本游戏市场的主力商家通常是小规模经营者，而每一个剧本游戏都像一部微型电影，只不过，这个剧本不是由演员演绎的，而是组织者带领玩家完成操作的。玩家在玩过一个剧本后，就变成了“天眼玩家”，即明明知道结局，但还要装作不

剧本游戏讲师在为培训生上课

该图片由剧本游戏《大话西游》出品人范江浩提供。

知道，这是一种很难受的体验。因此，玩家重复购买同一个剧本游戏体验的概率并不高，这就要求发行方和商家要不断地生产新的剧本游戏。随着产品生产量的激增，也加大了对专业人才的需求。业内的从业者们也都致力于在线上、线下平台展开专业知识的普及，但是剧本游戏的创作除了编剧的写作经验，还需要结合玩家的体验反馈，有一些培训生作者只重视学习模式，试图照着模板创作，严重限制了其作品的想象力，这也是有待改善的情况。

上述人群类型是按照入行渠道划分的。现实中，一位编剧身上通常带有不同人群画像的特质。在市场蛮荒发展的时代，一部分编剧倾向创作内容粗制滥造、立意低俗的剧本游戏。有人甚至靠着抄袭、剽窃、盗版牟取暴利。随着行业不断规范，从业者将积极发挥各自的特长，致力于培养有道德感、三观正确、思想健康的编剧，提升编剧技能的专业性，逐步完善剧本游戏职业培训体系，为行业输送优质的人才，为剧本游戏产业的良性运转发光发热。

互动与思考

问：如果你并不是从业者，但是很想成为一名剧本游戏的编剧，那么你会选择加入哪一类人群来作为入行渠道?

写作选题的准则与立场

寻找写作选题是文字工作者的必经之路。在剧本游戏的创作中，新手编剧也要先考虑这样的两个问题：(1）确定一个正确的选材准则；(2）选择什么题材。

剧本游戏带有社交性质，具有角色扮演的属性。作者是一部作品的“父母”，引领作用尤为重要。如果作品的价值导向出了问题，所选择的题材含有大量负面信息，那么玩家在体验中就不会感到释放压力，也无法增进人际关系、激发想象力，而是参与了一场被惊吓、被施压、心灵被摧残的恐怖活动。这不是艺术创作，而是在制造精神垃圾。市面上的剧本游戏店家并没有限制未成年人，未成年消费者还没有建立成熟的是非观念，心理承受能力也比较低，很容易陷入现实人生与游戏角色的身份混淆中，产生严重的心理问题。因此，如果作者只追求商业噱头，选择宣扬暴力、灵异、变态的负面题材，误认为引发玩家不适才是游戏的吸引力，拙劣的创作倾向一开始就是注定失败的。

从写作训练的角度出发，理性的写作立场也很重要。没有练过笔，没有写作经验，想通过一部作品一炮而红，是一个美好的愿景，不是没有可能性，只是任何写作训练都是从练笔开始的，入行没有捷径。剧本游戏是一个新兴行业，影视行业与其有着密不可分的亲缘关系，因此影视编剧要想跨行创作是相对容易的；相反，大多数人是作为玩家接触店家的，对剧本的写作一无所知。如果后者希望以剧本游戏写作为生，那么建议进入有一定专业度的、正规、合法的工作集体，或者是向有优质代表作品和真实写作经验的老师拜师学艺。在学习、辅助创作、写作练习的不断积累中，找到自己擅长的题材。

什么是题材？在文学、艺术创作中，题材是指作者选择的写作材料，用于表现其作品主题思想的素材，这些素材是经过作者、写作集体筛选、提炼过的事件或者现象。

其实，无论是哪种文学类型，都是用文字在描述事件或者现象。玩家拥有丰富的体验经验，影视编剧对结构的把握能力最强，而网络小说家在内容表达方面，尤其是人物剧本的创作上，有着得天独厚的文笔优势。在选题层面，这三大人群拥有记者般的创作视角很重要——这是一种特质，是指对社会热点高度敏感，能准确地找到一个有话题空间的题材的能力。从传播学的角度来看，编剧向玩家传递信息的过程是一个典型的单向线性模式，传者（编剧）通过文本这一媒介，将信息（加工过的精神内容）传递给受者（玩家），产生效果。抓住信息的关键点就显得尤为重要，编剧能够理解5w模式[①]，用通俗易懂的语言做到简洁、清晰地还原事件的五个要素，是创作一部完整作品的基本要求。

剧本游戏作为互动文学的一个成熟类别，还原本[②]已经从一个类型发展为剧本游戏区别其他桌游的一个显著特点。还原本作为新手练笔的最佳类型，表现题材特点、组织素材有什么优势呢？在选材方面，编剧有什么需要考量的重要因素？

① 传播学者哈罗德·拉斯韦尔（Harold Lasswell）于 1948 年在《社会传播的结构与功能》论文中完整地提出了信息的传播模式（5w），即谁（who）、说什么（says what）、通过什么渠道（in what channel）、对谁（to whom）、取得了什么效果（what effects）。

② 还原本是指通过玩家的讨论和操作，还原故事、人物关系、人物动机等内容的剧本游戏。

还原本如何选择题材

源子夫　著名影视编剧、中国作家协会成员、剧本游戏监制、聚本玩家文化传媒总经理

源子夫
该图片由源子夫提供。

2019年之前，我深耕影视行业，曾担任多部影视作品的编剧或负责策划工作。《远山》《生死血符》《仙女湖》《佛光寺传奇》是那个时期的影视代表作品。2019年，我和团队迎来了一个重要的事业转折点。由我担任编剧并策划的世界上首部有声互动广播剧——《基督山伯爵》，打开了一个新的剧作领域——互动文学。

互动文学是一个新兴的产业形态，剧本游戏也属于互动文学的一个类别，是数字时代继网络文学之后文学的一种表现形式。剧本游戏符合当代人的心理诉求。在人们社交、购物、工作、学习、生活都离不开互联网之后，剧本游戏的迅猛发展，无疑是人们对现实社交的一次勇敢的拥抱。

有人认为，剧本游戏和即兴戏剧是相同的概念，我认为这并不准确。对于一个话剧剧本，若统计其文字量，台词部分占比最大，是其主要表现形式；相反，剧本游戏是少有台词的，只是提供了假定性和情景，角色所说的话都是临场表达的。大多数玩家在现实生活中都是“沉默的大多数”，而在剧本游戏中，他们能体验到尊重，能实现自我，这是马斯洛需求层次理论中的最高层次。玩家说的每句话在剧本游戏中都会变得有意义，他们的存在，也能被在场的每个人重视。他们藏在一个安全的面具之后，假装演着什么，安然、松弛地跟其他人面对面交流，不需要绝对的倾听，也不需要呈现真我。自从有了互联网，人们面对面的交流就大大减少了，而剧本游戏这种社交形态其实是离真性情最近的接触，能够提升当代社交的质量。从传播学的角度来看，人对新鲜的信息高度敏感，会观察日常生活，天生能在探听各种消息的过程中获得快乐，尤其是面对面的谈天说地，短时间内还可以得到很多人的即时反馈，第一时间与对方进行情绪互动，这是一件充满乐趣的事。综合以上观点，无论是街坊邻里之间的鸡毛蒜皮，还是轰动一时的重大新闻，只要能成为谈资，就可以作为一部作品的素材。然而，从谁的口中讲出来、怎么讲出来，取决于作者本身——村口聊天的老妇人和笔耕不辍的作家都是事件和现象的还原者，他们的区别在于，前者是口耳相传，后者则是选择了文学性的表达。

在剧本游戏中，还原本由谜案本身、人物之间的关系、世界观三个层次构成。玩家在参与还原的过程中，除了完成核诡的推理，还能得到关于自身角色、其他人物、任务的线索，以及故事世界观的“八卦”消息，这也是他们获得乐趣的根本。还原是剧本游戏的核心，是一种进可攻、退可守的信息组合模式。它讲述的内容主要是人与人之间的事件、感情、恩怨纠葛以及他们的喜怒哀乐、七情六欲等，是玩家能够进入游戏世界的有效途径。

对于新手编剧来说，核诡推理是一个难点，但是引导玩家依托故事情节、人物剧本把原有的人物关系打散，再建立新的关系，则相对容易。玩家会基于自身的情况，对角色代入自我的解读，但并不是所有玩家都能依靠线索卡在短时间内重新编纂一整套人物关系。不过，如果大多数玩家都能获得恍然大悟的感受，编剧就成功了一半。编剧在创作中，可以借鉴经典文学作品、影视作品中的人物关系和故事设定。

一旦掌握了还原本基础的写作配置，不管是独立创作还是进入创作机构，都能保证创作出四平八稳的作品。无论是情感沉浸本，还是机制、阵营本，都是还原本某一种元素的放大。在写作中，核诡推理的逻辑问题是非常容易暴露的，因为如果写得不好，在玩家发问时，DM 就无法给出合理的解读。在还原的过程中，要描绘感染他人的内容，重点是要把故事讲好。至于逻辑，不需要复杂，通顺即可。

如果玩家体验到了绝佳的剧本游戏，那么他们在玩过之后对还原是无感的，尽管他们知道这是假定的，但是仍然相信并感动了，却不知道作者用了什么魔法来完成这个故事。以某情感沉浸本为例，在还原故事真相的过程中，看似陌生的两个人居然有很深的羁绊，玩家在游戏中便能找到情感共鸣，产生共情。再以某机制、阵营本为例，玩家得到的真相能在某一个机制的作用下让所属阵营反败为胜，从而获得竞技的乐趣。

还原本能给绝大多数的玩家带来心理满足，这是毋庸置疑的。从实际的问题出发，当下最便捷的投稿载体就是网络，线上投稿有很多优质的渠道，且线上平台主要收录的剧本类型就是还原本。如果新手编剧没有任何写作经验，且接触不到专业人士、专业团队，又希望实现有效练笔，那么不妨投其所好。

还原本的选材非常广泛，对于新手编剧来说，可将自己的知识结构、阅读经验、人生经历作为选材的宝库。国内文学性产品的细分市场很鲜明，从目前的玩家消费情况来看，性别之分比较明显。虽然现在女玩家也有玩硬核推理本的，但还是以玩情感沉浸本和机制、阵营本者居多。除了玩家的性别可作为选材的参考项外，地域民风也可以指引新手编剧对题材有所判断。自古江南多富庶，商业竞争题材的机制、阵营本可能很适合南方玩家。需要注意的是，人生经验既是最宝贵的素材，恰恰也是最不“值得”的素材。千万要小心以自我为中心的创意和一闪而过的灵感，那种“以为自己发现了一个极具独创性的题材便急忙着手去写，且一定会成为爆款”的写作立场是不切实际的。因为大多数编剧都是普通人，很难成为第二个曹雪芹——在现代社会中，过着举家食粥酒常赊的日子，穷困潦倒地去创作，简直是天方夜谭。在我们有限的生命中，通过文学获得人生胜利的人也只是少数。曹雪芹之所以能写出《红楼梦》，是因为他拥有独一无二的人生经历——曾经富甲一方，而后落魄，但普通人没有经历过这样的日子，要是想去写这样的故事，那么雏形本身就是不真实的，最终只能得到悬浮的内容。

与独创的个性故事相比，建立在阅读经验、知识结构、写作经历基础上的选材相对稳妥。练笔的重点就是模仿，模仿不是抄袭，而是在你掌握了一类题材的写作方法后，了解它为什么能打动人心，再以此为参照完成自己的作品，从而达到事半功倍的训练效果。很多优秀的武侠小说作家并没有投身江湖，也能写出跌宕起伏的故事、缠绵悱恻的儿女情长，这些都是通过丰富的阅读经验所积累的底蕴。同时，模仿也是最枯燥、最无趣、最被作者瞧不起的写作技巧。很多编剧忽视了模仿的过程，直奔自己并不成熟的表达。这就如同身为影视创作者，连最基本的三镜头法都没有弄清楚就去追求视听语言的花样，导致做出来的东西也会不伦不类。因此，建议新手编剧静下心来，读一读麦基[①]的书，先把编剧的基础知识搞明白，再去玩转题材。

有人会问，仿写的依据是什么？有一个很好的参考角度——市场的导向。在开始练笔时，可以先了解市面上的火爆类型，进行对标写作。例如，2020 年，流行情感沉浸类的剧本游戏，家国情怀、爱情、亲情、友情等题材备受青睐，市场必定会给新手编剧提供大量的创作机会。情感题材的表现方式有很多，只要不是违背伦理道德、宣扬危害社会的言论的情感故事，就都会有吸引人的闪光点。选择市场需求量最大的题材进行写作，既能练笔，又可以迅速获得前沿的反馈，完成有效的训练。再次强调，剧本游戏始终是一个游戏，统计和分析永远都无法替代体验，一定要亲身参与多场游戏之后再进行写作，否则就只是纸上谈兵。

当然，基于专业的分析和优势的资源来选择题材是更有针对性的做法。随着行业的发展以及玩家、店家素质的提高，粗制滥造的和打着情色、暴力、封建迷信擦边球的

① 罗伯特·麦基（Robert McKee），美国创意写作指导者，因其在南加利福尼亚大学举办、发展起来并流行的“故事研讨会”而闻名。他著有《故事：材质、结构、风格和银幕剧作的原理》（*Story: Substance, Structure, Style and the Principles of Screenwriting*）一书，此书被誉为“编剧圣经”。

内容将逐渐没落。2020年，情感题材的剧本游戏爆发式增长，亲情、友情、爱情、成长故事更能打动玩家。“玩家能否被感动到流泪”成为作品优劣的重要标准。虽然这种界定较为单一，但是也预示着创作正朝着一个良性的方向发展。2021年，机制阵营的游戏类型备受青睐，带动这一类型火爆的优势题材是谍战、战争史诗、近现代历史人物传记、历史大事件。大量爱国主义教育主题的作品走入玩家的视野，体验好评如潮。以我们的研发成果为例。身为影视人，我们“聚本玩家”选择的王牌题材是谍战。谍战题材展现了在动荡年代，为祖国抛头颅洒热血的烈士群像，人物性格饱满，剧本中还有他们为了崇高理想而英勇牺牲的感人故事以及惊心动魄的动作任务。特色鲜明的谍战题材，非常适合做成剧本游戏。我们与电影学院的导师刘誉深度合作，他的《局中人》《锋刃》都在谍战题材中展现了独特的艺术风格，在影视剧、小说市场的成功也有目共睹。谍战是一个畅销的、有固定读者和观众群体的细分类目，在剧本游戏市场也有过成功案例。比如《刀鞘》，集推理、阵营对战、情感沉浸多种体验于一体，体验层次分明、平衡，宣读入党誓词的环节直击心灵，感人至深。《刀鞘》在社会玩家中风靡，并作为团建项目走入了企业、党政机关，这也是对谍战题材的极大肯定。

谍战属于现实主义题材，选材不一定要穿越时空，写近代、当代、当下发生的事也是一种很好的选择。需要注意的是，剧本游戏若选择现实主义题材来创作，游戏中的“现实”就不是从写实、描绘的角度出发，而这恰恰是现实生活中失真、夸张的一面。那些不会轻易发生又符合情理的事情，才是游戏的亮点。比如，近年最火爆的机制、阵营本《拆迁》，取材自普通人的生活。拆迁发生了，各方势力排兵布阵，基于拆迁款来拉拢人心，展开激烈的斗争。在这个剧本游戏中，一切都为房本让路，每个角色都遭遇了坑、蒙、拐、骗、偷的不幸经历，棘手的难题接踵而至，更有“断绝关系卡”这种超现实的设定。《拆迁》在极致剧情的推进中，让玩家在兑现承诺和利欲熏心之间抉择。遗憾的是，故事还原脱离了主题，这对新手编剧来说是值得警示的。游戏机制可以随意发挥，但真、善、美是永恒的，要让玩家最终收获感动和快乐。如果过分强调冲突，让人物以闪电般的速度从一个情感顶峰突然跌至一个人生低谷，就会导致人物缺乏真实的维度，而把真实生活中狗血、极端的事件大量融入情节，很容易偏离轨道，被诟病为虚假的情节剧[①]。

剧本游戏是让文学走入千家万户的一个实用的手段，

① 情节剧是拉约什·埃格里提出的编剧基础理论知识，特指没有合理剧情过渡，导致人物缺乏真实的维度的创作方向。

很多人只有在玩剧本游戏时才能静下心来用二三十分钟阅读文字。因此，编剧一定要端正创作的态度。中华民族历史悠久，有着上下五千年的文明，有那么多脍炙人口的经典文学名著、戏剧名段，这些都是非常优质的题材，让更多人了解中国传统文化，通过设计体验，了解革命先辈之不易，保持公德心去选择题材，是一个剧本游戏编剧的使命。

互动与思考

记录下你的灵感，找到市面上同类题材的作品，用类型电影的分类标准对其解构，然后对标你创作的故事，整理创作思路。

第 3 章

剧本游戏的文本组成

一个盒装剧本游戏的文本包括五个组成部分，分别是线索卡、人物剧本、组织者手册、玩法说明、剧情公示。

在构思阶段，如果编剧只是依靠一个灵感、一段冲突、一种情愫、一个趣味，是不足以构建整个核诡系统的。核诡，即核心诡计推理，推理的内容不只有谜案，还要结合故事、人物设定、人物关系。推理必有逻辑，在游戏的进程中，线索卡是玩家唯一能看到的、与编剧逻辑相关的东西。线索卡相当于整个推理环节的逻辑支点，能帮助参与者从卡片文字中获取有效的信息，有理有据地进行推理，启动玩家之间的头脑风暴，让他们去“盘”，去拼凑、还原谜案与故事的全貌。线索卡是考验编剧建构剧本游戏的重点，我们暂且以它为第一切入点，介绍五个文本部分的写作要点。

文本组成

线索卡

何为线索卡？它是指在游戏进程中，每一幕阅读或每一轮公聊[①]之后引导玩家讨论人物关系、破解谜案、情绪交流的信息卡片。

① 公聊是指玩家公开信息，探讨剧情以获得线索的沟通方式。公聊与私聊不同，私聊是某一位玩家找到其他玩家进行单独沟通，信息的交换也相对私密。

线索卡分为两个系统：一个系统基于故事还原，包括世界观、背景、环境、人物前史等内容的提示信息；一个系统基于谜案还原，包括指向角色的直接证据、间接证据、环境证据、物理生物证据、重组证据、关联证据、采集证词、证据的使用方法等内容的提示信息。

线索卡与核诡推理事件是有着紧密联系的，核诡的相关信息是通过线索卡传递给玩家的，因此，两者的改变是同步进行的。每一个核诡都有一个轴心事件，在这一事件中出现的时间、地点、人物、环境信息、证据链都会体现在线索卡上，如果修改了核诡的任意内容，就必须要修改线索卡；相反，如果调整了线索卡的内容，就要考量这个细节信息是否与核诡相悖。

线索卡有事件拼图的形态特征，但并不是把核诡内容打碎之后印在卡片上展示。它有一个重要的功能，就是启发玩家思考，衔接他们的沟通。玩家拿到线索卡后，会对卡片上的信息做出判断。线索卡展示的内容要让每一个玩家产生这样的心理活动：是隐藏还是公开这条线索？要不要让其他人知道？如果线索卡被公开了，那么是主动承认还是说谎掩饰，抑或是指向在场的其他嫌疑对象？承载启思功能的线索卡，其数量务必要大于介绍性卡片。我们反复强调，剧本游戏的属性是一个交互游戏，玩家在拿到并阅读线索卡这个动作结束之后，重点是分享、讨论，甚至是表演。行动源于思想，没有触发思考与选择的线索卡会让每个人发言的兴致大减，从严格意义上说，这种内容的卡片会被视为无效的废卡。

互动与思考

问：线索卡是越多越好吗？线索卡应该包含多少内容才科学？

参考答案：通常来说，线索卡应包含 1/3 的故事内容。也就是说，把故事内容抽掉 1/3 做成线索卡，让玩家进行推理和还原，是较为合适的比例。

人物剧本

人物剧本，又称“人物本”，指每一位玩家拿到的以单一角色为主线的段落文本，以通读格式①或采用分幕格式呈现，每一幕的主要内容包括事件现场描述、角色的人物维度、人物关系、情感、行为动机、驱动力，以及玩家需要完成的任务项等。

虽然人物剧本被称为“剧本”，借用了影视剧作的概念，但它不是标准的剧本，格式类似人物小传，主要内容包括人物的身份、所处的时空、情感关系、抉择的驱动力、为人处事的动机等，通常以第一人称“我”或第二人称“你”作为叙述主体。需要注意的

① 通读格式是指没有分幕、所有剧情都一次性呈现给玩家的格式。

是，现阶段的剧本游戏没有或少有对白，“角色名：×××”格式的文字不会大篇幅出现。

剧本游戏服务的对象（即玩家）是普通市民，因此，要确保玩家在拿到人物本后首先能读懂，其次才是互动交流和品味剧本的文学韵味。玩家要在短时间内通过文字清楚地了解与自己有关的信息，这是人物本的第一功能。

人物本的写作思维，更像一种新闻体裁——新闻特写的创作。几个人参与了一件事，编剧截取事实发生时的多个场面，描述在该时空中情景的状态、事物的动态和人物的行为与心理图景，形象化地放大人物的性格、态度和抉择。撰写新闻特写，要把握信息传播的五个要素（即 5w，参见第 2 章）。与一篇特写相比，可以将人物本的一幕视为由多个 5w 场景组成的段落。假设编剧撰写 A 角色的人物本，他首先要写明的信息包括：角色 A 在每一个场景中做了什么、看到了什么、听到了什么，做出了什么反馈，通过一种什么样的方式，和谁产生互动，最终导致了一个什么样的结果。只有先将这些内容写清楚，接下来才能跳跃时空、制造矛盾话题、创建角色之间彼此交汇的视角、加入即兴表演等。

人物本不是标准的戏剧剧本，但是带有戏剧属性，其创作应与类型结合。如果你确定撰写一个硬核推理本，就要把人物本写作的侧重点放在描绘复杂的人性和波谲云诡的人物关系上，而非谜案本身。如果跳过了人物参与调查活动的过程，人物本的内容就会极大分散玩家的注意力，他们何来推理解谜的体验？尽管艺术并不是科学，没有一定之规，但仍要遵循常识。游戏中的角色也与小说人物不同，心理描写、洞察性格底色的内容可以有，但一定要适度。

玩家任务也是人物本中的必备内容，每一幕通常不要超过四个任务，如果任务太多、太复杂，玩家就会记不住而且他们在讨论时还会影响自己的判断，阻碍发言。任务的作用是让他们主动交流，一旦堵住了交流的出口，就失去了设计任务的意义。此外，在人物本每一幕的最后，一定要写上一句标准的提示语："未经主持人允许，请勿翻到下一页。"不要在意这句提示的祈使语气会让人感到不适，因为一旦有玩家阅读完第一幕，私自翻看了后面的内容，并道出自己是真凶，那么编剧精心设计的游戏还未开始就结束了。

互动与思考

问：在人物本的设计中最容易被忽略，但又是最重要的关键点是什么？

参考答案：人物本是直接触达玩家的文本，在人物本的设计中，最重要的是易读性和信息的清晰度，因为玩家需要的不是天花乱坠的描写，而是简单明确的信息释放和行为指导。

组织者手册

组织者手册又被称为“DM 手册”，指组织者在游戏进程中使用的说明书，是编剧向组织者（简称“DM”）说明游戏流程、环节、节奏、控场原则、主题氛围、机制玩法规则的提示文本，还包括 DM 在游戏中预定所讲的话术、台词，演绎者的出场顺序、表演动作、独白，环境光声效，道具迁换等舞台提示信息，以及线索证据解析、推理诡计逻辑、锁凶[①]依据、时间轴、谜案还原等内容。

DM 手册首先是一个流程说明书，其次才是表演指导、谜案解析。它的基本作用是展现编剧的意图，不需要图文并茂，但要通俗易懂、简单明了。要写清楚某个时间点，在场的每个人做了什么事、他们需要用到什么东西、DM 需要布置什么样的环境等，这样 DM 就可以照着手册中的文字去执行了。这是最基本的要求，但在现实中反而是编剧最容易忽视的写作要点。要警惕的是，一旦 DM 手册书写混乱，就会使作品失去商业价值，遭遇流产，这种状况被市场反复验证过。

剧本游戏以行业的形态存在的时间并不长，至多四五年，可挖掘的题材也是有限的。假设一个发烧友玩家，一年 365 天都在玩，那么他一年也只能打本 400 个左右的剧本游戏。然而，破圈的新本

① 锁凶指在剧本游戏中，通过推理和线索卡提供的信息，依据作案时间、作案手法、证据链条锁定一位或多位玩家为具有明显嫌疑的人员。

越来越少，现在很多店家都在使用几年前的畅销剧本，导致新作品难以被商家接受，有一部分原因就是他们看不懂新本配套的 DM 手册。

对于 DM 来说，认真通读一本手册需要几个小时，而掌握一个游戏的开本流程则要花费一周左右，甚至是更长的时间。此外，每个 DM 擅长的类型也不相同。这很好理解，正如网络主播无法在电视上主持新闻联播，综艺娱乐主持人也不适合出现在严肃主题的晚会上一样。专业主持人尚且如此，更何况 DM 不是全能选手。已经面世的剧本游戏常常让编剧产生以下苦恼。

- 为什么 DM 没有照着我写的演？一旦缺少了演绎环节，就会让剧本失去魅力！
- 那个环节明明非常重要，为什么 DM 会遗漏？
- 规则明明不是这样的，为什么 DM 会这样开本？

排除 DM 没有认真阅读手册的情况，如果你也有这一连串的“为什么”，那么只有一个解释——大多数的普通人都无法从你的 DM 手册中迅速找到关键的信息点。除非你确定作品面向的店家能提供置景、声光效果、专业演绎人员等条件，并且你所创作的主要类型是主题氛围本。然而，大多数门店的开本环境其实就是一个会议室，即使是专业演员在会议室里凭空完成表演也很困难，而你却要求业余表演者背诵大段的台词、完成复杂的演绎，充斥着诸如此类不切实际的表述的手册的确会让人望而却步。

玩家加入剧本游戏，其主要参与方式是读本和讨论。如果在DM手册中，有很大的篇幅在赘述游戏规则，那么看似设计感满满，实则会搞得玩家一头雾水，拿到东西不知道怎么用，得到信息也不知道怎么聊，DM则不知道引导的关键在哪里。每个人都懵懵懂懂，并以这样状态度过数个小时。这样的失误，只会给所有人带来失败、沮丧的体验。

请牢记，虽然DM手册涵盖了流程环节、机制玩法、舞台表演、案件解析等多方面的信息，但是其本质只是一个言简意赅的说明书。

互动与思考

问：DM手册有一个别名，充分说明了手册的作用，你知道是什么吗?

参考答案：DM手册又被称为“保姆手册”，意即应该为DM提供保姆式的服务，最大可能地让每个DM都可以享受到全方位的贴心服务，让他们不需要额外提问就可以看懂所有开本流程和内容信息。

玩法说明

玩法说明是指向玩家展示游戏规则并解释互动模式、行动方式、行动目标、技能使用方法等的文字说明。

通常来说，剧本游戏的机制是对抗、合作、欺诈、大富翁①、玩家对战玩家（PVP）、玩家对战环境（PVE）等。注意，并不是所有的游戏机制都能被称为“剧本游戏的机制”，只有在机制本与阵营本中才会涉及严格意义上的、贯穿始终的机制。在剧本游戏中，带有规则的普通流程被称为“玩法环节”。

所有类型的剧本游戏，都有可能出现玩法环节。玩法说明可以公开展示，也可以随机抽取或者隐藏。在撰写说明之前，要弄清“机制”和“玩法”的区别，二者都源于电子游戏的概念，是衍生关系。我们可以将游戏机制理解为游戏设计者与玩家对话的思路，这是一种逻辑，信息如果没有经过加工就无法传递给其他人；玩法则是由设计者规定的、玩家与玩家之间的互动模式，可以是多种游戏机制的组合方式，通常表现为按照规则发言或者使用指定道具完成行动。

在剧本游戏走入大众视野的初期，游戏没有机制，只有一种玩法——推理，主要考验玩家之间合作的默契程度，以及玩家的观察

① 大富翁是从大富翁桌游演变出的一种玩法，指的是掷骰子、走地图、赚钱买东西、盖楼，以及类似的商业玩法。

力、逻辑思维、知识量等。发展至今，编剧将电子游戏的概念融入剧本游戏的流程中，把解谜、胜负制、点数制、回合制、奖惩制、随机制、竞速制等游戏机制植入环节，组合出了丰富多样的玩法，并没有一定之规。以下为几种常见的组合方式。

- **奖惩制常与解谜、随机制搭配。**解谜用于环节之间的过渡，有拼图、字谜、记忆力比拼、迷宫等形式，完成解谜的主力玩家会获得奖励。随机制通常需要用到道具，玩家需要通过转骰子、抽签等得到一个随机的结果，比拼运气，最终获得奖励或惩罚。
- **胜负制常与回合制作为固定搭配。**玩家在这个环节会分为两个阵营，运用技能卡进行对战。技能卡包含击杀或防御的原则，以及作用对象、使用次数、使用时限、使用风险、是否公开或隐藏等提示信息。经过几个回合的较量，核算武力值和防御值的此消彼长，最终决出优胜的一方。
- **竞速制。**剧本游戏中的竞速制的概念与电子游戏中的竞速有区别，比拼速度在剧本游戏的玩法中并不常见。常见的竞速分为两种：一种是在游戏进程中，缩短思考时间，制造紧迫感，让玩家做决策；另一种是两个或多个玩家之间比拼积分的数量，与点数制结合，积分的计算基于 AP 行动点[1]。AP 行动点是每个玩家所得到的积分单位，在游戏中的常见叫法为“财

① AP 行动点，即行动点数（action points），指系统中每个交互节点都对应一个行动点数。

富值”“魔法值”“体力值”等，本质上都用于计算数量。AP 行动点可用于获得机会，购买、交换实用的信息——有的是实体道具，有的则是组织者依据玩家的现场表现所记录、核算的数值。

除了电子游戏的玩法概念，剧本游戏中还会出现情景推理玩法，最常见的为现场问答式的“海龟汤小游戏”，即编剧设计一道假设题，玩家通过提问，向 DM 索取“是”或“否”的答案，得到线索，还原情境中发生的故事。对于玩家来说，游戏机制是晦涩的，DM 的理解能力也是参差不齐的，编剧更不能亲自到现场讲解。因此，玩法说明的作用尤为重要，它是编剧向玩家讲解规则是什么、怎么玩的唯一途径。玩法说明通常呈现为由一系列动作指令组成的文字。美国首家桌面游戏公司妙极百利（Milton Bradley）早期出品的桌游，都会将玩法说明以动作指令的形式印在包装盒封面上，例如，“Battleship：击沉对手所有的船”“Operation：成功操作的能赚到‘钱’，失败的会弄响警报”。[①] 因此，玩法说明的写作侧重点是发出动作指令，而不是描述这是一件神乎其神的东西。

假设你设计了一张名为“轩辕剑”的攻击技能卡，在卡片上印着这样的文字：“传说中的神兵利刃，由众仙采首山之铜为黄帝所

① 罗杰斯．通关！游戏设计之道（第 2 版）[M]. 孙懿，高济润，译．北京：人民邮电出版社，2016.

铸，后传与夏禹……”请问，它在游戏中怎么用？归谁所有？能攻击几次？有没有一件物品能对其实施防御？上述问句的内容，才是编剧要写的关键信息。对于这张技能卡，你只需要写物品的名字“轩辕剑”，其他的笔墨要描述用法，如“一剑致命，无护甲可防御，任何人都可持有”。这并不是说你不能在这张卡上写它的来历，而是说来历是次要的信息、是补充，用法才是重点。

再举个例子。你设计了一个互动累计点数的玩法，规则为“玩家需要找到自己的天选之子，姻缘簿官配的一对情侣，各获得五个财富值，配合道具红线和元宝”。这看似没有任何问题，但玩家拿到这张玩法说明后会产生疑问，“天选之子”是什么意思？姻缘簿在哪儿？什么算是“官配”？财富值是什么？红线怎么用？因此，更准确的描述可以调整为“找到你爱的人，把红线系到对方手上，然后一起找 DM 查阅姻缘簿，如果名字成对在册，你们二人就会各得五个元宝”。换句话说，这个部分的写作要诀是，把抽象的游戏机制变成描述具体的动作并获得具象的物品，让你的意图准确无误地传达出去。

互动与思考

问：除了文字，你还能想到几种其他方式让 DM 迅速理解玩法说明？

参考答案：在文字描述不够直观的情况下，可以采用画图形、列表、给出示例等方式，必要时还可以拍下教学视频供 DM 参考。

剧情公示

剧情公示是指公开展示给玩家的情节信息，介绍故事发生的时空、社会环境、人物关系的起承转合，暗示主题氛围；或是游戏进行到某个阶段，介绍先行事件，制造悬念，推进游戏进程的文字段落。

剧情公示在剧本游戏的进程中通常会出现在两个时间段：第一个时间段是开场时间段，通常由 DM 诵读或是 NPC 演绎，叫法五花八门，比如“故事背景”“三界缘起”“某地传闻”等，可被统称为“开场剧情公示”；第二个时间段是游戏进展到某个环节，需要介绍一宗悬疑事件以启动后续流程，既可以是一段包含线索的介绍性文字，也可以是一段视听材料、一个特殊道具，还可以是真人表演，也没有固定名称，常见的有“宴会异闻”“某帝殁之谜”“某媒体报道”等，可被统称为“先行事件剧情公示”。

无论是叙述性的情景介绍，还是激烈、刺激、炫目的写实动作，开场剧情公示都要具备以下基本功能：

- 概括剧情，统领全局；
- 介绍故事发生的总情景，人物关系的始发点；
- 确立这场游戏的主要基调和主题氛围。

编剧在写完一段剧情公示后，需要检查这段文字是否解释了上述三个要点，三者缺一不可。

先行事件剧情公示则是一个相对独立的事件，围绕核心人物，展开起因、经过、结果，描述具体场合的情形。创作的重点在于，你选择讲述这件事，事情发生了，在场的人和这件事有什么关系，他们的命运会因为这件事发生什么变化……要给每个人制造悬念，让他们对后续环节产生期待，否则就是无效的叙述。

我们认为，上文中所谓的定义，更多的是对剧本游戏已出现的文本形式进行的总结和解读。线索卡、人物剧本、DM手册、玩法说明、剧情公示组成了剧本游戏的文本写作主体，随着行业的发展，其形态一定会发生改变。这五个部分相辅相成，如果编剧对某个部分考虑不周，就会导致整个游戏系统出现问题。编剧按照常规创作方式，先从故事大纲开始写是没有任何问题的，关键在于如何在生产内容的过程中运用文字，指引他人准确无误地走向编剧所期望的目标，实现五个部分的可用性，这也是主导剧本游戏写作的第一思维。

不同类型的剧本游戏，选择架构的初始切入点不同，写作优先级也不同。例如，硬核推理本可以将核诡分解为定量线索卡，在计算整个游戏的时长、确认体量之后，再进行人物本、剧情的创作，最后植入玩法；对于机制、阵营本，则要先确定机制，围绕机制去呈现故事，人设也是为机制服务的；对于情感沉浸本，则需要先确定情感的内核，再来组织人物。因此，了解剧本游戏的主流类型与分类依据尤为重要。

互动与思考

问：剧情公示出现的频次有要求吗？

参考答案：在任何一幕都可以出现剧情公示信息，即便是在 DM 手册中出现的需要 DM 宣读的内容，也同样可以在玩家剧本中再次出现，以便玩家查阅。

时长是写作的前提

一个剧本游戏的组成部分，按照写作文字量，可由多到少将其排序为人物剧本、DM 手册、剧情公示、线索卡、玩法说明。

那么，在建立剧本游戏的结构之前，需要注意什么呢？

首先，要明确一个概念——游戏时长。规划游戏时长时，要考量两个方面：一是玩家在参与的过程中，能坚持多久；二是店家在一天的营业时间中，同一个房间能开几局。毕竟，超长的店改①只是个别现象。通常情况下，一个标准盒装剧本的游戏时长控制在三至四个小时为宜。如何衡量游戏时长？想象你在公司参加头脑风暴会议，如果会议持续了四个多小时，那么在场的每个人能对会议信息掌握多少呢？一旦人的身体到达一个时间极限，大脑就会主动拒绝接收和输出信息。在游戏的过程中也是如此，游戏时长一旦超过四个小时，玩家的疲惫感就会随着时间的推移呈几何级数上升，出现炸车②的概率非常高。

编剧要对游戏时长有一个清醒的认知，新手编剧最常犯的错误就是撰写冗长的内容。出现这种情况的原因也好理解——好不容易得到一次表达机会，于是不怕苦、不怕累、不停地写。因此，新手编剧常遇到以下问题：

- 我觉得这个题材非常好，如果不写这么多字，我就无法表达作品的价值，这可怎么办？

---

① 店改是指店家在购买盒装剧本后，以盒装剧本为游戏文本，修改流程、游戏机制、结局、添加符合自家店特色的内容，以提升玩家的体验。北京店家猪猪堡就推出了游戏时长为12个小时的《金陵有座东君书院》。

② 车是指在同一时间、地点，参与本局剧本游戏的玩家人员构成，如六人本有六个玩家加入游戏，六人为一车。炸车是指玩家在游戏过程中，因为线索繁多、阅读文字量过大、时间过长，主动提出结束游戏。

- 结合字数的定量计算，如何规划剧本游戏的时长？
- 人物剧本、线索卡、DM 手册这三个主要部分的文本写作，如何控制篇幅？

以上问题，在专业编剧的幽默解读中，或许能为新手编剧提供一个参考方向。

字数不是王牌

源子夫　著名影视编剧、中国作家协会成员、剧本游戏监制、聚本玩家文化传媒总经理

剧本游戏发展至今，要求编剧完成的写作字数呈直线上升趋势。以最常见的六人本为例：六个玩家参与的游戏，单人的阅读量竟达到一万五千字，甚至更多。事实上，这种趋势并不利于建立良好的游戏生态。很多人推崇字数为王，来面试的编剧，独立创作的代表作品一栏往往是空白的，而在创作经历这一栏则填写“曾发表过 N 万字”并引以为傲。面对这种现状，作为编剧团队的招聘方，我们的脑海中会浮现一个问号：从什么时候开始，字数成了对一部好作品的定义，甚至是对一位编剧优秀与否的评价标准？

写作为什么要分文体？因为文体的分类依据是文本的载体，然后才是字数和格式。拿网络小说举例，写网文的第一个要求，就是每到50个字必须回车换行。为什么？因为手机屏幕就那么小，如果作者写了50个字还不换行，且每一屏都是如此，就是对读者视觉的一种摧残，就算内容再好也会让人没有阅读的欲望。

文学巨制《雷雨》约有13.7万字，假设把《雷雨》改编成剧本游戏，做一个六人本。周朴园、繁漪、鲁侍萍、周萍、四凤、周冲六个人物，如果不对原著进行提炼，而是直接将其拆成六份，每个人的阅读量就超过了两万字。假设游戏时长为四个小时，请问这个游戏能进行下去吗？玩家花全部的时间来读本，还有时间交流吗？可见，如果一味地追求字数去规划写作容量，就只会让剧本游戏变成读本大会。

新手编剧在创作人物剧本的阶段，最容易产生字数超量的问题。人物剧本的第一个作用是补充人物关系的关键信息，第二个作用是帮助玩家解读核诡线索。玩家对人物剧本的心理预期，并不是要体验读小说的快感。注意，小说和人物剧本是两个概念，最明显的区别就是，小说可以反复阅读，没有时间上限；而玩家拿到人物剧本后才开始阅读，且阅读行为在他走出这个游戏场所时就结束了，也就是说，玩家是在有限的时间内接收文字信息。对于玩家来说，如果让他在几个小时内阅读超过万字的文本，简直是场灾难。因此，编剧要惜字如金，无论是心理描写还是景物描写，只需将关键信息传递给玩家即可，抒情则适可而止。

设计线索卡时，更要控制字数。线索卡是一张卡，不是一页纸，超过 50 个字就印不下了！因此，线索卡上的字数以 30~50 为宜。如果超过了 100 甚至更多，那么请设想一下实际开本的情景：玩家刚看完一个需要 20 分钟才能读完的文本，又递给他一页需要读 3 分钟的卡片，字号小到要用放大镜看，还谈何游戏体验？

我们做过类似的实验：我们设计了一些生活物品作为线索卡，如一本书、一张报纸之类的东西，让玩家从大量的文字内容中寻找关键词。事实上，他们根本找不到。那次实验被接受测试的玩家骂了个狗血喷头，只有一个原因——太长了！他们看不下去！

此外，如果线索卡信息冗杂、与整个故事的结构不匹配，那么玩家也会产生被迫交流的不适感。市面上有的剧本到了搜证环节，DM 拿出了 100 张线索卡，玩家讨论完一个结果，如释重负。随后，DM 又拿出了 100 张线索卡，让大家继续讨论，最后的结局是玩家集体崩溃了。因此，线索卡要提供还原故事全貌的关键点，而不是对玩家实施信息轰炸。我认为，一个游戏时长为 4 个小时左右的剧本游戏，线索卡最多60张。以六人本为例，设计60张线索卡，每张卡的文字量控制为50个字以内，每个人分享一张，再加上讨论，至少需要3分钟才能讨论完一张线索卡，那么60张线索卡就是将近三个小时。一般来说，玩家的注意力在前两个小时是最集中的，聊到第三个小时就开始走神了，再加上读本、演绎、复盘用一个小时，时间刚好。

注意，线索卡要能体现其功能性，不能堆积信息碎片。它能提供给阅读者最基本的故事背景、世界观、基本的角色和人物关系、主要的情节、谜题、任务方向，相当于基于线索卡的一个框架。从业者根据线索卡的数量和内容就能推测出这个故事的体量有多大。在为这款剧本游戏做定量分析后，才会对内容做定性讨论。如果定量不符合标准，那么监制连内容都不会再看了。

DM手册的字数更要控制，因为它是编剧和DM的唯一互动。DM读懂了，才能带领玩家玩。核诡和复盘暂不阐述，就说最基本的开本流程。如果连这个都不能把信息简明扼要地传达给DM，让他拿到手册的那一刻感到懵，那么游戏还能好玩吗？此外，如果手册中大篇幅地描述动作和规则，例如“拿出1~50号线索卡，分配给玩家，分配规则如下……”，紧接着是长达千字的解释，那么他一定会遗漏某些环节。注意，DM在开本的时候，要做的只有两个字——搜证。现实中，我们经历过DM遗漏了搜证环节，问其原因，竟然是手册上没有写“搜证”二字！我们也曾设想过，给 DM 提供一份流程表，让他做完一项打一个勾，这样他就不会遗漏环节了。尽管这可能并不是最好的解决办法，但的确能够保证流程的完整性。

有的编剧会在 DM 手册中书写大篇幅的玩家技能，看似对每个角色都照顾有加，让每个人都有超能力，却没有写清楚胜负规则的要点。在对战过程中，玩家在被攻击与被营救的过程中无限循环，游戏无法顺利结束。诸如此类的问题，会导致游戏进程无限延长。最重要的是，超长的剧本游戏增加了店家的运营成本，一车人进来，玩到地老天荒，店家要怎么翻台呢？新手玩家更容易疲惫，如果一个上班族，下班后想通过玩剧本游戏享受放松和休闲，结果上来就给他讲历史、艺术、科普，以及人生大道理，就会让他非常痛苦地又度过了一个 8 小时工作日，下次还会来吗？要是剧本这么折磨老客户、流失新客户，店家能接受吗？

综上所述，字数只是一个参考项，攀比写作字数是没有意义的。当然，标准的字数规模、写作格式都需要市场的验证，定量要求不是为了框住编剧的思想和创造力，而是提供一个通俗易懂、符合常理的范式，就像影视剧本已经形成了一个公认的格式，从业人员都能看懂一样，这也是我们身为职业编剧和从业者致力研究的方向。

互动与思考

设计一套线索卡，将其作为你的故事框架，每张有 30~50 字。用正常语速读完一张卡片，再用读卡时长乘以你的卡片数量，估算出游戏时长。

第4章

关于剧本游戏类型的思考

“类型”是一个抽象概念，小说基于作家、作品流派而分类，戏剧基于影片风格（包含大师分析）而分类。它们都是具有共通点的作品达到一定数量和影响力，建立在代表作者、作品风格之上的研究。

剧本游戏如何划分类型？我们认为，其形态仍处于在实践中摸索的阶段，具有共通点的编剧、作品也尚未达到一定的数量，文本形式复杂多样，并不能支撑剧本游戏成为一种文学类型。这种定位与实践者的看法不谋而合，正如“推理大师”的创始人之一赵江波所言：“剧本游戏的类型，早期我们称之为悬疑推理，现在已经延伸到了各种分门别类的形态，每种形态的呈现方式、玩家的感官体验差别极大。”因此，掌握每种划分依据的来源和基本概念，比接受某种硬性的分类方法更有利于指导创作。

本章的内容重在讲解为什么会出现这种分类方法，类型划分依据的源头是什么，以及划分依据对创作有什么启发，而不是强迫读者接受空泛的定义。我们将从商业经营、类型片特点、推理小说流派浅析三个方面出发，清晰、明确地呈现常识与知识点，重在厘清写作思路，帮助新手编剧避免走入一知半解、照猫画虎、眉毛胡子一把抓的歧途。

商业依据

这是一种按照服装和实景分类的方法，古风、校园、和式、欧式、民国等任意一种风格都可以作为一个独立类型。玩家到线下店打本，往往有一个强烈的体验诉求——拍照打卡，并将照片展示在社交媒体上。因此，换装、房间布置的仪式感对玩家的选择有着至关重要的作用。店家通过服装造型、空间布置让玩家进入剧本游戏，这是一个有绝对优势的卖点，也是最基本的分类逻辑。参考这种分类依据，编剧需要对合作伙伴了解透彻，如果你合作的对象的店内设施以古风主题房为主，而你坚持要创作一个谍战题材推销给对方，就会导致契合度很低，文不对题，合作自然会流产。因此，在编剧选择合作对象时，如果是单独的某家实体店，确实会存在局限性；相反，正规的发行公司、剧本工作室，或者有生产、发行实力的优质品牌连锁店，则会为编剧提供更多的机会和创作空间。

古风沉浸剧本游戏的 NPC

该图片由畹庐空间提供。

嫁接产物

在剧本游戏的发展进程中，一部分从业者借鉴了日本推理小说的分类，一度建立了一种流行的说法，将剧本游戏分为本格本、变格本、新本格本以及新变格本。

不过，我们认为，本格、变格、新本格是日本推理小说家对于作品风格的主张，要是拿来作为国产剧本游戏类型的依据，就难免有嫁接的隐患，且后来也产生了“新变格”这种模糊不清的说法，因此逐渐被从业者弃用。

我们并不是说编剧不可以参考这种分类依据，而是建议编剧在写作前，应阅读推理小说的历史以及相关作家的作品，尊重每一种流派的经典模式和主旨，在理解其义的前提下再进行自主创作。

“本格”“变格”“新本格”都是从日语词汇翻译而来，原指第二次世界大战后日本推理小说的流派，有关三者的解读如下。

- **本格派。**注重有科学依据的逻辑推理，代表作家有江户川乱步、角田喜久雄等。
- **变格派。**着意铺陈恐怖、荒诞的故事情节，营造扣人心弦的紧张氛围，满足原始的感官刺激，代表作家有横沟正史、木木高太郎等。[①]

- **新本格。**代表作家为岛田庄司、绫辻行人，盛行于20世纪中期，由于本格推理诡计在世界文坛出现时就已经达到了难以逾越的巅峰，阿加莎·克里斯蒂（Agatha Christie）、埃勒里·奎因（Ellery Queen）、约翰·迪克森·卡尔（John Dickson Carr）等作家奠定了本格推理诡计的巅峰地位，日本推理文学创作一度陷入瓶颈。岛田庄司、绫辻行人等作家在保持本格推理创作的优良传统之上，开发了前所未有的奇幻元素，既继承了本格推理的主题，又创造了"奇异建筑中的谜案"这种设定，小说的内容并没有因新元素的加入而脱离轨道，反而在传承的基础上产生了一种特有的文学风采，因此，新本格也成了一个独立的小说流派。

"悬疑""推理"的标签

类型电影的分类方法对剧本游戏的分类有一定参考意义。编剧在写作前，应熟知每一种类型片的定义、分支类型以及代表大师的作品。商业运营者会使用"悬疑推理"的标签，并不代表编剧要

① 关于本格派和变格派的解读，请参考李德纯所著的《战后日本文学史》（由人民文学出版社出版）。

将其视为写作的指南。有的编剧会说“我要写一部悬疑、推理的作品”，这个表述本身就存在混淆的风险。“悬疑”“推理”等词汇的确常作为同一类型片的描述被放在影视分类中，但实际上，这是大众媒体为了宣传效果对类型片的一种错误标注。

悬疑片的类型复杂多样，惊悚悬疑片的代表人物为希区柯克，影片明显带有其个人特色。这类影片设置了重重谜团，人物关系极简，侧重点放在展现主要人物对抗精神病患者、犯罪嫌疑人以及自然异象的惊险刺激上。心理悬疑片和惊悚悬疑片也有区别，心理悬疑片由精神分析类型片演变而来，有的会与社会剧结合，偏重主人公在现实桎梏中的挣扎，与心魔斗争，治愈心灵创伤，重在讲述个人的自我沉沦与突破。

推理片与悬疑片也是两个类型。推理片是在侦探片基础上发展起来的影片样式，侦探片属于犯罪类型片的次类型。推理片从侦探或警察的视角出发，表现以严密的逻辑推理侦破犯罪案件，情节铺陈紧凑，逻辑分析严谨细致，给人一种真实可信的感觉。推理片形成一种独特的电影流派，要追溯到 20 世纪 60 年代的日本，当时，日本社会派推理小说被改编成一系列电影，《砂之器》《人证》等影片在 20 世纪 80 年代风靡亚洲，才使得这一形式的影片走入类型片研究的视野。① 这类影片的前提是，以侦探或警察的主视角推进故

① 李振营，李慧欣 . 影视专业基础知识 [M]. 北京：中国传媒大学出版社，2009.

事。因此，写作者在参考类型片特点的同时，也应考量原著作家及作品所处的年代。

不同时代的社会派推理

20世纪50年代末，日本文坛掀起了“清张革命”，松本清张挽救了日本本格推理小说才思枯竭的状况，他也因此与柯南·道尔、阿加莎·克里斯蒂并列为“世界三大推理文学大师”。

关于松本清张作品的特征，褚盟在《谋杀的魅影：世界推理小说简史》一书中写道：“1. 改变脱离现实的浪漫主义风格，崇尚写实，文笔厚重，且具有明显的纯文学特征；2. 轻诡计，重动机，注重发掘诱发犯罪的社会原因，揭露社会的不合理及人性的阴暗面；3. 对人物的刻画出现新的方向，不再塑造高不可攀的名侦探形象，而是着力刻画平凡的小人物，对女性角色的刻画达到了一个新高度。”

以松本清张的作品为代表的推理小说，被称为20世纪的社会派推理。到了21世纪，我们所熟悉的日本社会派推理作家，包括东野圭吾、宫部美雪、叶真中显等，他们的作品都受到了松本清张的深远影响，也带有明显的当代特色。

很多市面上的国产剧本游戏的剧本，都有这些作家和作品的影子。需要注意的是，每种文学类型的侧重点都不同，与小说创作不同的是，编剧还要结合剧本游戏的交互特质，把握核诡推理、多人视角等标准要求。

第5章

剧本游戏主流类型解析

1982 年，游戏大师克里斯·克劳福德（Chris Crawford）在《计算机游戏设计的艺术》（*The Art of Computer Game Design*）一书中这样定义“游戏”：“游戏是一种能让人从主观上联系到部分现实的封闭性系统。”[①]

在剧本游戏的创作过程中，“真人测试”是一个重要环节，在投放市场之前，可以邀请不同身份的人来玩，让他们提出体验意见，指导编剧修改文本。线下互动游戏更离不开玩家主观感受的反馈：偏重逻辑与判断的作品，能给人带来揭开真相的快感；偏重进入某种情感或情景的作品，能调动每个玩家的情绪。

基于玩家的体验，可以将剧本游戏的作品分为两大类——硬核推理与情感沉浸。请注意，这一分类方法并不是绝对的标准。结合市场的现状，一部独立作品包含多种体验的趋势也越来越明显，是精进一种体验还是追求多种体验，具体方向仍处于探讨阶段。除了重推理与重沉浸，以机制贯穿始终，设计供玩家挑战的种种玩法，从而产生乐趣的作品，被从业者统称为机制、阵营本。未来，以三种主流类型为基础，一定会衍生出丰富多样的次类型，该领域的研究也将不断完善。例如，根据经典影视 IP、小说改编的主题氛围本，包涵了三种主流类型的特点，也具有独特的吸引力。在本书

① 罗杰斯．通关！游戏设计之道（第 2 版）[M]. 孙懿，高济润，译．北京：人民邮电出版社，2016.

中，我们将这一类型单独拿出来讨论，希望引导大众能对“主题”和“氛围”有新的理解，破除建立在服饰、置景基础上的狭隘理解，抛弃把灵异当主题、把恐怖当氛围的固有思维。

接下来，请跟随我们与名家、从业者对话，深入了解每个类型的特点与写作要点。

最原始的类型：硬核推理

1841 年，埃德加·爱伦·坡（Edgar Allan Poe）在《莫格街凶杀案》（*The Murders in the Morgue*）一书中，首次将侦探作为主人公。不过，他并没有将此类作品定义为推理小说，而将其定义为游戏。继埃德加·爱伦·坡的《莫格街凶杀案》之后，欧美侦探小说统领推理文坛 100 多年，英式圆桌推理游戏“谋杀之谜”的风靡也建立在侦探小说的受众基础上，解谜文学自诞生起就带有浓厚的游戏色彩。因此，硬核推理是剧本游戏最原始的类型，也最具研究价值。

“推理大师”作为社会派推理剧本游戏产品的首批实践者，首次将脍炙人口的系列小说《心理罪》改编成剧本游戏，让更多人参与其中。“推理大师”的创始人之一赵江波指出：“小说主题 IP 转

雷米

该图片由雷米提供。

化是一件非常灵活且很有价值、有意义的事情。优秀的小说作品拥有读者群体，改编成影视后，可以收获观众群体。其中一定会有人想深入故事去体验角色，剧本游戏能满足他们的需求，这是经营者和消费者共同的选择。”

《心理罪》系列小说，由有“中国心理犯罪小说第一人”之称、中国刑事警察学院教师雷米创作，经历十余载，小说中所展现的人性之复杂、善恶之难辨，令人回味无穷。雷米的多部作品被改编成影视作品，如网剧《心理罪》，以及电影《心理罪之城市之光》《智齿》等。此次选择剧本游戏作为载体，他认为，剧本游戏发展至今，已经不再是一个小众娱乐文化产业，而是一种大众休闲方式，普及程度很高。作为作者，当然希望自己的作品能够通过多元化的载体去面向大众，与剧本游戏联动，是一次很有意义的尝试。《心理罪之教化场》作为经典小说 IP 改编的成果，实现了从小说文本到剧本游戏的有效转化，这个过程也折射出硬核推理剧类型写作的关键点。我们有幸与小说作者雷米深入沟通，以剧本游戏《心理罪之教化场》为切入点，探讨写作技巧，拓展创作思路。以下将分享雷米提出的关于硬核核诡的观点，以及硬核推理类型的三个写作要点。

何为硬核核诡

在剧本游戏的创作中，编剧的工作重点是设计核诡。

事实上，核诡并不只是设计一个运用了推理诡计手法的案件，而是一条串联整体内容的主线。这条主线有两个作用：一是向阅读者展示故事的大致面貌；二是通过迭起的悬念，吸引人把内容从头到尾地看完。对于读者来说，他们最关心的是一连串的问题：这个谜案究竟是怎么回事？为何会发生？手法是什么样的？制造谜案的人为何要这样做？有没有其他人对他产生了影响？解答这几个问题，其实就是核诡创作的核心部分。

那么，除去案件本身和侦破案件的过程，内容分配的比重决定了作品是否能被称为“硬核”，如果编剧给作品的定位是“硬核”，那么笔墨的偏重就不应是情感，而是案件本身。正如雷米所说，“讲案件就是讲案件，讲破案就是讲破案”，在调查案件的进程中，的确可以穿插人物的感情线作为补充，但吸引读者注意力的核心内容依然是扎扎实实地讲悬疑事件，并且是建立在现有国情、法律法规、司法制度基础之上的真实又合理的案件调查，要让读者感觉到，编剧是冷静又客观的，而不是大篇幅地谈情说爱。

硬核推理类型的写作要点

要点 1：慎用冷门知识

为什么要慎用冷门知识？因为过分的炫技会让人产生距离感——普通玩家（这也是玩家中的绝对多数）看不懂，会直接影响游戏的操作乐趣。因此，应从日常生活出发，在大众的认知和常识中构建线索，可以收获的效果要好于拼凑看不懂的法证医学知识。

雷米以“找绳子”为例。比如，编剧写“舌骨骨折”，玩家就会产生疑惑：舌头有骨头吗？如果编剧换一种通俗易懂的方式，告诉他这个创伤是由绳子所致，那么玩家就会在游戏中去寻找这根绳子。后者的信息传递能增强玩家的操作性，毕竟并非所有人都能理解舌骨骨折是一种肌肉牵拉伤，按照指引，几乎每个人都能明白，这个环节的目标是找到一根绳子。

需要特别提醒编剧的是，要想写好硬核推理，的确需要一些法证医学的专业知识，但关于谜案手法的写作，雷米郑重提示所有的创作者：“不要在游戏中涉及公安秘密以及呈现作案原理，这是危险且无效的做法。”

要点 2：展示犯罪场面，可与关卡有机结合

在展示犯罪场面时，如果对血腥场面的描述过度，就会让绝大部分玩家感到极度不适。因此，无须过多描述血腥场面，可以用现场勘察报告、讯问笔录、侧写画像等形式，用客观的表达来代替血腥场面的描写。这也是雷米等作家在犯罪心理学小说的写作中经常使用的方法。

剧本游戏和小说创作有共通点，也有本质的区别，能“玩”起来是剧本游戏的关键。因此，提供给玩家的报告文书不妨是一个可以通过奖励玩法获得的道具，内容也最好是一个简单的结论，而不是专业法证医学词汇、阐述测试器材使用方法，或是长篇大论、解释晦涩的心理学观点。如果编剧一定要给玩家提供知识点，就要有结论。举例来说，假如游戏中有一份用中子活化法检测的数据图谱，那么大多数玩家都是看不懂的。然而，如果编剧能为玩家提供一份图谱，并在文字说明中告诉他，通过专业仪器检测能找到一些具体的东西（比如，涂料材质、土壤的成分、毛发是人还是动物的等类似的痕迹物证），那么玩家便能获得结论，也理解了这个知识点的作用。

犯罪场面也可以和游戏的玩法设计（如设置关卡）有机结合，因为找到报告的过程存在着很大的操作空间。如果玩家刚开始接触谜案，那么可以提供给他们一张地图，标注几个疑似案发地，结合一些线索卡，让他们通过讨论找到真正的案发地点。谁提供的解谜思路最准确，谁就能获得奖励，奖品是一份现场勘查报告。这种解锁关卡的方法，雷米也在《心理罪之教化场》的改编中实践过，玩家在还原谜案的同时，也能通过自己动脑、动手有所收获，能体会到更多的乐趣。

要点 3：别忘记了人物

如何在硬核推理本的类型创作中完成情感输出，也让很多编剧感到困惑。在《心理罪之教化场》的内测中，雷米发现，情绪体验的突破口并不局限于破解谜案的快感，而是玩家与人物命运的共鸣。身为小说原作者，他比大多数玩家都更了解这个故事，即使游戏的情节、人物发生了较大改变，他依然能收获感动。正如他所说："尽管我可能会比其他玩家更先一步接近真相，但是我仍能和每个人一样，通过角色同步追寻到一种补偿的心态。"

在剧本游戏中，玩家往往更关注的是人物的命运，而不完全是如何揭开真相。也就是说，了解谜题的谜底并不是体验的唯一出口，只有玩家能共情人物，才能把自己的真实情感寄托在自己扮演的角色上。因此，编剧即使创作的是一部硬核推理风格的作品，也要注重人物塑造。对此，雷米指出："人物塑造是衡量一部作品是否成功的标志，剧本游戏更要强调人物，因为它需要玩家去投入地扮演这个角色，如果人物是脸谱化的，那么体验也一定是刻板、扁平、无趣的。"

在雷米的经典作品中，人物是其创作的核心之一，《心理罪之教化场》的情感落点也是治愈童年的创伤。玩家在了解了案件的真相之后，故事中的每个角色都能让人如数家珍，不只有方木，还有形形色色的、令人记忆深刻的人物。我们记住了他们的名字，为其命运的辗转牵动心弦，这才是作品的生命力。

剧本游戏中的女性角色大多命途多舛，甚至是惨遭蹂躏的主要对象。如何在犯罪题材的作品中塑造女性角色？雷米的新作《人鱼》为编剧提供了更宽广的创作视角。雷米说："女性角色常常被赋予美好、柔弱、贤惠、体贴等特点，你会发现，没有哪个词是跟力量有关系的。不过，常规的认知能说明故事中的女性没有力量吗？并不能！相反，她们的存在是有力量的，正是在她们的体征与逆境之间的反差之中孕育着能量。在谜案中，犯罪案件注定都是悲剧，女性常常作为受害者的形象出现，《人鱼》也探讨了这个问题。我在这部犯罪题材的作品里，塑造了一个具有反抗意识的女性，她以积极地面对遭遇、敢于抗争的形象出现。她一定要被欺负、被打碎吗？当然不是，她也可以是事件的主导者。”可见，女性角色不一定是受害者，即使是在男性玩家更擅长的硬核推理游戏中，女性玩家拿到的角色，也不一定是坐以待毙、委委屈屈的，因为没有人愿意体验逆来顺受。

互动与思考

阅读一本你最喜欢的经典推理小说，分析核心作案手法的诡计是什么模式。分析叙事是偏向人物心理还是偏向侦探技能，并思考这种方式为什么会吸引你。

纯爱至上：情感沉浸本

王小波在《有关爱情片》一文中写道：“多数爱情片的结局总

是男女主人公之一完蛋，除了让他们完蛋，就想不出办法来收场。”这段话很适合用来描述情感沉浸本的创作现状——大多数情感沉浸本的人物，不止完蛋一次，而是好几次。之前，这种方式是有效的，但随着同质化的苦情虐恋越来越多，这就变成了不言自明的无奈之举。由于情感沉浸所有的槽点几乎都被爱情叙事包揽了，编剧大呼，为何碰到“菠萝头”[①]和“推土机”[②]的概率如此之高。

情感沉浸类型的写作要点

情感沉浸本该如何写作呢？我们结合这种类型本的特点以及实践者的经验，总结出以下三个写作要点。

要点 1：起名字很重要

首先，要为作品起一个符合其气质的名字。大多数编剧常常在这里踩坑——明明是情感沉浸本，非要起一个文不对题的名字，尤其是偏向恐怖风格的名字。20 世纪 90 年代，香港院线电影就经历过这样的时期。有相当一部分爱情片因为名字而失去大陆市场和观众，最具有代表性的作品是《人皮灯笼》。

这部电影由中国香港电影新浪潮代表人物之一的刘伟强执导，

① 菠萝头是指很难代入情感的玩家，他们也许不擅长推理，但在游戏中拒绝一切可能触发感动的环节或内容。

② 推土机是指参与任何风格的剧本游戏都只注重推理，并且很擅长推理。由于情感沉浸类型的剧本轻推理，因此这类玩家很难有好的体验。

讲述了一个凄美的爱情故事：一对被黑恶势力拆散的有情人历经转世，再结前缘，非常感人。然而，这部作品却成了很多人的童年阴影，而且它也因片名和部分血腥的内容被限制而沦为录像厅时代的猎奇之作。

要点 2：尽可能细化情感类型

在麦基的类型片理论中，虽然提出爱情片只有“爱情故事”四个字，但是它的次类型和情节组合的类型非常多。剧本游戏的编剧在写作中常会发生“顺拐”的情况，即所有人物和人物关系的走向都是雷同的，只是人名和场景有变化。也就是说，大家经历的都是同样的感情模式，缺少讨论的摩擦和碰撞。尤其是在沉浸环节，玩家的体验很苍白。因此，编剧在写作时需要细化情感类型。

所谓“细化情感类型”，并不是说这个人物的叙事线着重讲爱情，那个人物的叙事线偏向讲亲情，而是要讲一种情感的不同形态。如何实现？要先为在场玩家建议统一话题。几个陌生人初次见面，如果各自的经历处于不同的情感维度，就很容易东拉西扯。如果在同一种情感类型的情绪积累之中，再向各自的形态延伸，就能更容易引起共鸣。如果把同性恋、恋物、恋母恋父情结，甚至不伦恋、变态的恋爱癖好等这些冷门又极端的素材拿来写，那么不仅会出现价值观、道德观的导向错误问题，还会令绝大部分玩家产生不好的体验。因此，编剧要写每个人都向往的、符合伦理道德的、纯真的、忠贞不渝的爱情，这才符合大众的需求。

那么，爱情分为哪些类型呢？参考类型片的特点，我们以爱情片为例，提供以下三种思路。

- **思路一：**颂扬爱情战胜一切，美化人们对爱情的忠贞和坚守传统的爱情或古典爱情片[①]。比如，两情相悦、两小无猜的纯情片，寄托对逝去伴侣哀思的哀情片。
- **思路二：**表达现代都市人对爱情的追寻、迷茫、困惑，以及表达人们情感困境的现代爱情片，比如，展现多角关系、陷入爱情抉择的言情片。
- **思路三：**以友谊取代浪漫爱情，与哥们救赎情节、教育情节、成长故事结合的类型。比如，人物的自我观念在友谊的影响下发生了深刻的变化——从不自信、自暴自弃、宿命论，转变为信任、乐观、沉着，实现了自我成长。

以上归纳的思路并不能涵盖爱情的所有类型，重在启发编剧创建情感沉浸的思路。除了明确情感形态的类型方向，写作还要结合真实情感的根基。爱上一个人的理由，可以不用大篇幅描写，但要清晰，可以采用寄情的方式，比如对故土的思恋，对童年美好时光的回忆，对理想的愿景，切莫为单纯地追求情节的曲折而直接煽情，只有把情感升华到人生的意义，才不会让玩家感觉是矫情的无

① 程波. 先锋及其语境：中国当代电影的探索策略研究 [M]. 上海：上海交通大学出版社，2017.

病呻吟。

要点 3：避免独角戏

不少测评文都会用类似“情感 C 位”来描述游戏角色，但我们认为，这种说法很容易对编剧造成误导，让他们认为情感 C 位是一个必备角色。实际上，对于任何剧本游戏，我们都不提倡去建立 C 位，因为这就意味着只有一个或一对玩家才能获得极致体验，其他人很有可能会沦为边缘角色。按照谜案的结构划分，角色的配置可分为凶手、帮凶、硬推位、幕后黑手等。你当然可以为这些角色赋予感情线，但是如果你为一对玩家设计了感情关系，那么其他的玩家之间也要有，尤其在情感沉浸本中，人物关系的交错要更充实，并且要有交流的契合点。

如何判断是不是陷入了独角戏？最好的判断方法是用人物剧本的文本内容比对主题。情感沉浸本通常并不会是谜团重重，在开场时，主题也会鲜明地摆出来，为游戏提供一个展开话题的方向，供所有人讨论。比如，你设计的故事主题是“我的前任死了，我该怎么办”，那么这个主题就是人物剧本要补充说明的核心，它一出现，就会给在场的玩家一个印象，让他们去思考一个假定的事——我的前任死了，我该怎么办。玩家就会在你的人物剧本中去寻找与这个主题相关的内容。如果你在某位玩家的人物剧本中没有提到前任，而是大篇幅地描写亲情，他就会无法与他们交流——他们都在聊前任，我要和他们聊什么？

还需要注意的是，在都市生活题材的写作中，很多人喜欢写亲情，尤其会呈现一个大家庭，兄弟姐妹一大堆，这很容易让玩家记不住。如果要建立亲戚关系，那么角色一定要有辨识度，你需要把人物的特征写出来，有时还可以借助反差、比拟等手法，让每个人物都能打上一个明确的标签。

都市生活题材的情感沉浸类的作品不乏佳作，我们选择了《你好》作为案例。原因有二：一是《你好》在设计思路、作品立意、影响力方面，开创了现代都市题材情感沉浸本的先河；二是这部作品坚守了“纯爱”的原则，在朴实的文笔中娓娓道来对人类最普通情感的解读。希望你能通过主创的自述，了解创作的本源。

《你好》，纯粹的情感本

云凡　梦墨绘梦馆主理人

云凡

该图片由云凡提供。

《你好》是梦墨绘梦馆（以下简称“梦墨”）发行的第一部作品，于2020年10月正式发售，截至2021年10月，销售量超过9000套。其中，有一半的店家复购，还有一些店家一次性购买了三四本。因为当时想体验这个剧本的人太多了，有时同一时间段要开几车。

剧本游戏《你好》海报

该图片由云凡提供。

《你好》虽然是梦墨第一次用正规的商业逻辑去做销售，但是我们在初期并没有做太多宣传。2020 年 11 月，剧本游戏发行工作室几乎不会花钱做短视频营销，说实话，其实是谁都不敢，因为资金投入太大了。当时的短视频都是玩家自己发布的。这个本的情绪进程有一个特点，玩家笑称是“前面笑得有多大声，后面哭得就有多凄惨”，很多玩家玩完，都愿意在自媒体上展示。于是，C 端用户带动了 B 端用户去采购，展会预购的数据是 800 多套，过了半个月，销量就达到了 2000 套，有的店家为了宣传自己的店，也会主动拍摄视频，找流量号发布。如果说营销活动，那么梦墨只做过一件事——在售后群里用心地为拍视频的店家转发与点赞。

短视频的确助推了发行，但我认为，《你好》的“破圈”并不是营销带来的，而是内容与机遇。2020 年 4 月，是剧本游戏崭露头角、走入大众娱乐产业主流的时期，我们开始创作《你好》。同年 10 月，《你好》在展会上发售，刚好是红利期。当时是硬核推理本的天下，尽管也有情感沉浸本，但是《你好》的模式给人一种耳目一新的感觉，因为大家之前没有玩过这种题材。

《你好》的编剧 Will.Y 是我的好兄弟，我们都在深圳生活，喜欢玩剧本游戏。他是个老玩家，在成为编剧之前，是我们梦墨梦绘馆的兼职 DM。当《你好》还是一个文档的时候，首次初稿测试，第一车六个人中哭了四个。为了做一个让店家好翻台、玩家不那么累的商业本，我们把五个小时的内容体量缩短为三个半小时，初稿的内容很充实，删减时确实有点舍不得。

剧本游戏是内容为王的行业，好的内容都会被珍视。资本和内容之间存在壁垒，不是说钱到位了，就能制作出好的东西。发行能做到的，只是包装和发售，如果内容不行，那么无论怎么包装都是空壳，在发行上投入再多资金也只能收获烂口碑。如果问是什么打动了我们，坚持把它生产、发行出来，那么我想说，就是它后来的名字——《你好》。一开始，这个剧本游戏不叫《你好》，而是叫《等待》，但是我们觉得"等待"没有太多记忆点。Will.Y 对"你好"的含义进行解读，打动了我们，他说："你在什么时候会对一个人说出'你好'呢？就是在见到一个陌生人的时候。"这句话看似没什么情感色彩，只是一句寒暄。然而，仔细想想，其实有三重意义：陌生人与陌生人讲一句

“你好”，能体现出友善、温暖、未来可期；老友重逢讲一句“你好”，能体现出好久不见、别来无恙；如果对方曾经是你的至亲至爱，你对他讲一句“你好”，那么那种真情已逝的忧伤就会突然奔涌而来，直击内心。

这部作品非常纯粹，就是讲情感的。城市生活给人带来的压力比较大，年轻人的时间都交给了工作，剧本游戏可以帮他们结识更多的新朋友。不认识的人坐在一起，初次见面，打招呼，彼此说“你好”，这个剧本的名字与游戏的社交语境非常契合。有了一个美好的开始，接下来几个小时，再让玩家经历离别与心碎，这种强烈的反差也正是它的核心卖点。其实，它就是取材于普通的生活，Will.Y 写《你好》的初衷，是因为他有个好朋友特别容易忘事。遗忘本就是每个人都会出现的状况，为什么会遗忘呢？因为当时没有在意，后来想起来才追悔莫及。《你好》的故事核就是讲情感的流逝，这是任何一个人都拥有过的经历，不仅仅是人与人之间，一花、一木、一物、一人都能被喜欢，也都会被遗忘，随着时光的推移，最初浓烈的爱会消散，蓦然回首，又是一个春秋冬夏。

如今，《你好》被定位成一个翻台率很高的商业剧本游戏，这得益于编剧用朴实的文笔描绘现实生活中的真情实感。我们也看过、打过很多情感沉浸本，也的确遇到过卖弄文采的本，玩家体验下来，并不是那么好。重灾区是古风题材的情感本，古风有其独特的魅力，但不是每个人都能读懂古代诗词歌赋的遣词造句，你给他写“落花踏尽游何处，笑入胡姬酒肆中”，有的玩家能理解那种意境，有的玩家只会问“我刚才去哪儿了”。《你好》的叙事方式能被大众接受，描述的都是生活中随处可见的场景，家、超市、餐厅、旅游景区等，人物所经历的，也是我们普通人每天都会遇见的事情。再来说真情实感，“按头哭”是一种方法，如果你选取的素材都是贩卖凄惨，那么玩家也会觉得很无聊。情感沉浸的关键是碰撞，只有丰富的情感视角交融在一起，才能触发情绪的爆发点。

剧本游戏的创作并不是一件高深莫测的事。写纯粹的东西，是创作者的一个很好的选择。市面上有很多杂糅的产品——古风融入机制，推理完又沉浸，接着剧情又反转到现代科幻。最后，找不到一个能代表它的标签，给人一种主次不分的感觉。“纯粹”和“单一”是两个概念：单一创作是基于同一题材，按照前人的套路写重复的故事；纯粹的创作则永无止境。情感是大众熟悉的题材，有天然的受众基础，保持创作的敏锐度，挖掘出新颖的内容，能让玩家在体验角色的时候感同身受。只有将代入感设计到极致，才能产生纯粹的创作。比如爱情这个题材，尽管爱情片是经典类型片，可是我们每隔一段时间，仍能从优秀的新片中收获感动。

当然，在创作时也需要一些技巧和方法。情感沉浸本最重要的目标是什么？是玩家能沉浸到故事中。我们不敢说《你好》做得有多好，能让每个人都能代入进去，我们只是会想办法让玩家感觉到舒适。我们弱化了谜案，因为推理是一件很耗费精力的事，如果玩家在这个环节太过劳累，那么他们就没有时间好好沟通。而且，复杂的推理过程也会切断他们的情感延续，毕竟这是一个角色扮演游戏，推理会让人恢复到一个理性的状态，而我们要保护玩家的感性，让他们觉得自己就是那个角色。不过，感性也不是无止境的，要想让玩家在一个三个半小时的游戏中哭三个小时是不现实的，所以我们做了剧情容量的分配：2/3 的时间，让玩家身处愉悦、快乐的情景中；随后，循序渐进地推入调动悲伤情绪的剧情点，配合氛围光效和背景音乐，集中在一个时段直戳人物的痛点，触发玩家的大喜大悲，让他们在情绪的波动起伏中释放。

身为从业者，纯粹的创作还包括内心的纯净，我认为我们要对剧本游戏的写作有敬畏之心。我经历过行业野蛮生长的时期，很多人为了赚钱而突破底线，生产了一些三观不正的产品，打着情感沉浸本的旗号，表现违背伦常、拜金、权色交易的内容，市场淘汰率也很高。只有符合正确价值观导向的内容才有生命力。未来，剧本游戏不单单是一个游戏，还要通过游戏体验，让玩家知道什么是爱党爱国，什么是美德，什么是真情，它会逐渐成为一种寓教于乐的方式。因此，编剧带着社会责任感去写作是非常重要的。

互动与思考

先按照你的思路，写三组人物的感情线，每组均为一男一女。依据爱情片的分类方法，从你喜欢看的爱情题材电影中找出三部不同类型的电影，提炼其情感线的核心，再放到自己设计的三组人物身上，看看有什么不同。

选择与竞技：机制、阵营本

游戏机制能让玩家积极地参与到内容中去，是线下交互的设计核心，也是剧本游戏区别于其他文学体裁、视听产品、展览等艺术载体的特点，接收方不再是被动地阅读、观看、欣赏，而是登场人物。在所有的写作中，一旦触及人物，必然会让人联想到选择。而在机制、阵营类型的剧本游戏创作中，首先要建立的是机制，其次才是人物。也就是说，人物是为机制服务的，人物塑造也位居次要的写作位置，有时甚至只是一个代号。

机制、阵营本的写作，对于没有接触过剧本游戏的编剧来说有较大的难度。虽然这被统称为“机制、阵营本”，实则分为机制本和阵营本两种：机制本的设计重点在于机制，场上的玩家可以拥有技能，但都是独立的个体，彼此之间没有合作关系；阵营本的设计必须分出两个明确的、对立的组织，并结合游戏机制进行对战。市场上销售的内容产品，大多是把这两种类型结合起来，因此很容易误导编剧。不过，编剧对于剧本到底是机制还是阵营，一定要有明确的概念。此外，编剧还要有一定的游戏实践经验，这样才能更好地完成写作工作。

不过，机制本和阵营本也有共通之处——都需要思考如何建立选项思维，引导玩家每一步要做什么。不少编剧都不太理解选项思维的概念。从表面上看，就是用文字的形式将玩家脑中的问题或是编剧希望玩家思考的问题表达出来，并提供答案的方向。选项思维有很强的参与性，任何人触发了机制都必须做出选择，即使什么都不做，也会得到一个阶段性的结局或是最终结局。这种“选择－触发－再选择”的模式，在机制本中是不断循环的，而不是只呈现一次。在玩法说明的解读中，我们介绍了一些游戏的玩法与组合方式。玩法适用于一个环节；机制则一定是贯穿始终的，让玩家不停地选择、不停地去寻求答案。

日本游戏编剧佐佐木智广在其著作《游戏剧本怎么写：游戏编剧新手的入门指南》中提出："游戏的交互性是存在局限的，因为交互性仅存在于游戏创作者手心中的自由衡量，玩家不因这一局限而感受到压力，成为游戏创作的关键之一。"他还指出，交互性在日本游戏的创作中很少被提及。

我们认为，国产线下剧本游戏恰恰是上述观点的反例——我国玩家喜欢掌控选择，更需要压力。如果是没有压力的机制，玩家就会觉得这像一个指针永远都停不下来的幸运转盘，看似在运转，实则没有任何的紧张与期待。

如何设定机制？有一类游戏设计思维浅显易懂，适合编剧借鉴。在《怦然心动：情感化交互设计指南（修订版）》一书中，交互设计师斯蒂芬·P. 安德森（Stephen P. Andersen）在情感化交互的研究中提出了一个公式：

（玩耍＋挑战）＋（奖励＋目标）＝游戏

也就是说，有趣的机制一定要体现上述四个方面。让玩家能玩起来，对自己或别人发起挑战，能够获得奖励，抵达明确的目标。曾经风靡一时的"偷菜游戏"，相信有很多人都玩过。从表面看，种菜、偷菜只有两个简单的操作，却包含了三种机制——约定、自我表现、社交赠礼。借鉴这一观点，我们为剧本游戏机制的写作创建了一个完整的维度。也就是说，设计游戏的机制时，需要考虑以下三个层次。

- **自我表现。**玩家通过什么形式展现自己的角色？
- **约定。**玩家在限定的时间内，需要完成什么任务？
- **社交赠礼。**对自己手中的东西是否有决定权？能否选择赠予或保留？能否邀请场上更多人与他建立同盟？这种邀请是否存在竞争关系？

关于这些问题的思考，藏在简单操作的表层之下。编剧需要做的是设计具有层次的逻辑，才能称之为机制的规则。

当然，在机制、阵营本的创作中也不要忽视推理，推理也是一种玩法，能避免出现“自以为是的死亡”——这只是一种简单、粗暴、缺乏逻辑和设计感的倾向；或者只是一个背景说明，与对战结果、突破关卡毫无关系。关于前者的“倾向”，就像机制、阵营老玩家中流传的一个笑话：研究了半天，发现死者竟然是被咸鱼砸死的。诸如此类的推理设定，只会拉低游戏整体的质感。

那么，重机制的剧本游戏，写作步骤是什么？实践者提供了一个参考方向。

机制、阵营本的写作步骤

金金　编剧、剧本监制、编剧帮剧本游戏内容总监

在机制本的实践写作中，编剧们常会陷入混乱，认为没有可以参考的写作步骤。阵营本的设计重点在于技能与对战方。而“机制”之所以在“阵营”之前，是因为机制是这一类型剧本游戏设定的核心。

第一步，在对故事立意和内容概述有了整体构思后，写作的重点在于建制主机制。所谓“主机制”，就是游戏整体的核心玩法，如对抗、合作、欺诈、大富翁、玩家对战玩家（PVP）、玩家对战环境（PVE）、推塔[①]、吃鸡[②]等。任何你在电子游戏（包括主机游戏、掌机游戏、街机游戏、电脑游戏及手机游戏）中见过的流行玩法，经过改良后，都可以与剧本游戏相融合。游戏机制是机制本的灵魂所在，玩法、人物、故事都要围绕主机制展开，在主机制完成的

---

① 推塔是指出现在即时战略游戏中的一种判定输赢的模式，通过摧毁对方阵营的防御堡垒塔以获取胜利。“塔”为地标专用量词，既可以是一个防御堡垒，也可以是一块基地。

② 吃鸡是指来自写实大逃杀射击游戏的一种叫法，如在《刺激战场》这一类的游戏中，胜利者会得到一只烤鸡图标，并将胜利称为“吃鸡”，此类游戏也因此而被统称为“吃鸡”。在剧本游戏中，指基于玩家在竞技中的生存时间、伤害能力、防御能力设定角色随机死亡的游戏机制。

前提下，一步步丰满内容。

第二步，把主机制拆分到各个分幕，依次为每个分幕设定机制。在这个步骤中，要注意两点。（1）每个环节的玩法都不能破坏主机制。举例来说，玩家拥有绝对防御的技能，编剧忘记了限定使用次数和使用对象，主机制进行到这一步，必须有玩家下线，但因为玩家使用了绝对防御，导致被下线的概率为零，从而让游戏陷入了无限循环。（2）分幕的机制需要与主机制之间存在逻辑关系。例如，如果游戏的主机制是拍卖，那么参与拍卖就需要设计财富道具（如硬币、元宝、贝壳、珠宝、银子，或者是魔力值、金钱值）。在拍卖之前的机制中，必然要出现收集和换取财富道具的机制，要让玩家能够获取财富道具，用于满足最后的拍卖机制所需，收集和换取财富道具的玩法要尽可能有趣、丰富，重在增加玩家之间互动的频率，给玩家提供“赚大钱”的快乐体验。

第三步，匹配故事情节。主机制和分幕的机制都梳理完成后，编剧需要根据已有的故事梗概对情节再次添砖加瓦。这个步骤的顺序不能改变，还是需要先完成主机制，再匹配故事情节。故事情节的作用是推动和引导，并帮助玩家做选择。情节需要贴合机制，二者不能互不相干，也就是说，机制只可以在这个情节下进行，无法替换，这才是一个合格的机制本。举例来说，比如你的游戏主机制是推塔，那么在你的故事设定中，至少要有部落、族群、大本营、强弱势力对抗等元素，而不能是一个一派和平景象的世界。和平可以是终极目标，但是展开游戏的前提是要能承载冲突情节的发生。要是为了一个精彩的情节而修改主机制，那么也是不可取的。情节的发展要围绕机制创作，而不是机制围绕故事创作，否则可能会破坏机制的完整性，甚至会出现牵一线而动全身的麻烦。

第四步，补充人设。在这一步，创作的要点是先设计技能，再塑造人物。人设也是编剧踩坑的重灾区，最常见的问题是，死者的故事线与玩家没有关系，只作为一个背景出现。举例来说，假设在某个魔法大陆，一位长老暴毙了，几位技能拥有者来到了这片土地，要到宫殿找一个神器。那么，他们找神器的过程就要和长老的死有关——只有破解了他死亡的真相，才能找到神器。长老的死因一定是他们进入宫殿后，拿到神器最重要的一环。既然你设计了谜案，就要用起来，如果和所有人设没关系，那么他们为什么要出现在这里？在对战什么？夺取什么？虽然机制、阵营本的重点不是破解谜案，但是一旦出现了谜案，就一定要和每个人都有关，否则就是无效的设计。第二个问题，有的编剧为了玩家的阅读体验，大篇幅地描写人物的心理活动，这是浪费笔墨又冗余的行为，机制、阵营本的乐趣在于，让玩家扮演那个角色，让他做抉择，让他做动作。

过多地展示角色的心理活动会影响玩家的判断，甚至会让他产生绑架思考的压迫感。也就是说，编剧可以限制玩家的思考时间，但不要逼着玩家接受编剧的想法。第三个问题，一人独大。这个问题发生在阵营本的创作中是灾难性的，如果一个人的技能无敌，那么他所在的阵营就会拥有绝对的优势，可是，另外一个阵营的玩家都在干什么？是在陪着玩吗？他们的体验何在？人物和故事情节一样，需要围绕机制去进行匹配，只有让每个人物的技能均衡，相互制约、相互突破，才能产生竞技的效果。编剧在创作中，始终都不能忘记一个准则，有效互动是此类型创作的中心议题。

《孤城》：隐藏、伪装、智取、传递

简爱 《孤城》作者、铭思文化创始人

2016 年底，我完成了《孤城》的创作。这部作品于 2018 年发行，当时，我们并没有特意做宣发，而是靠圈内口碑发酵积累起来的影响力。创作《孤城》的初衷源于我个人的感悟和期望。

我是历史专业毕业的，长期生活在沈阳。我经常去沈阳的抗日英雄故居参观，但是我发现，尽管这些故居常年对外开放，可主动去参观的人很少。我认为，历史的记忆

剧本游戏《孤城》海报
该图片由简爱提供。

不应该被人冷落，更不能被年轻人遗忘。

2016年，我开始创作《孤城》。剧本分为两部：一部是买卖机制，一部是组枪对战机制。公司内部测试时，我们自己玩得很开心，抗日谍战题材真的很让人振奋，但是由于市面上没有这种类型的剧本游戏，我们就没有立刻发行，而是等了一段时间，等到市面上出现了重机制的类型，我们便认为时机成熟了，于是把上下两部结合到一起，增加了展现抗日民族情怀的剧情线，变成了一个完整的机制、阵营本。剧本的内容体量已经完全超越了最开始的雏形，最后成型作品是一部七人参与、游戏时长为四到五个小时的剧本游戏。

这部作品的核诡我认为是随机死亡，这种设定并不多见。2018年的发行期也算是颠覆了传统机制，给剧本增加了一个亮点。传统的推理剧本游戏是有一个或者多个死者，玩家共同破解谜案。《孤城》也有谜案，但每个人在机制中刻意或不经意的选择都会导向一个生死抉择，因为在故事里，他们身处玉门关外、大漠古道最暗潮汹涌的情报战场。

我认为，在机制、阵营剧本的写作中，第一个创作要点（也是核心创作要点）就是“好玩”。它是剧本游戏所有类型中，桌游特征最明显的一类，在描绘剧情和场景的时候，能让每个人产生兴趣，乐于参与其中。核诡也是重要的，但一定要和硬核有所区别，因为参与机制本和阵营本的玩家很容易掉线，太难的推理会让他们感觉枯燥，产生挫败感。因此，再次强调，好玩是机制本、阵营本写作的前提。

第二个创作要点是要贯通古今。尤其是谍战题材，在写作前要先通读史料，即使是杜撰也不能脱离史实，只有了解了当时发生了什么，才能让体验和沉浸更加真实。以谍战题材为例，提到谍战，你会想到什么？当年的地下党执行不可能的任务，他们的动力是什么？虽然人物在机制、阵营本的塑造上不是重点，但是动机一定要清晰、明确，只有把人物的动机抓准，玩家才会认可。在动机设置完成后，在执行任务的过程中，每一次触发选择的动作是什么？顺序又是什么？我将其总结为四个关键词——隐藏、伪装、智取、传递。注意，这是有先后顺序的。地下党第一要务是隐藏好自己，隐藏就需要使用防御技能。接下来，要去伪装，伪装的目标是什么？是通过智力的角逐找到情报。最终的任务是要将情报安全地传递给上线。那么，在这个过程中，和某位玩家接触的每一个人的任务，都同样需要遵循这四个关键词，这样就形成了一个交错的、相互影响、相互制约的任务链条，链条之间的碰撞，在四个关键词设计的作用下推进“不可能的任务”，玩家掌握每一个环节的选择权，融入剧情的紧张感、刺激感。

我把剧本游戏与我所学的专业结合到一起，通过这种形式，让现在的年轻人、青少年与历史人物建立互动，让他们知道，历史是有温度的，历史人物也是有温度的，而不是被冷冰冰地记录在书本上的只写了年代、事件、人名的词条。每个人物都有跌宕的故事，都是曾经鲜活的生命。比如，龙潭三杰、沈阳抗日六志士、杨靖宇等。与死记硬背相比，让年轻人、青少年参与剧本游戏，他们更能产生深刻的体会，对历史也会产生更浓厚的兴趣。

继《孤城》之后，我和铭思文化公司的团队着手做这件事，朝着历史科普和文旅活动两个方向发力。我相信，在未来，剧本游戏能提升故居、遗址的参观热度，年轻人在这种社交、互动新形式的推动下，可以身处真实的环境，参与剧本游戏，深入地了解革命历史。他们能在故事中亲身体验当时的历史事件，配合剧情、服装、演绎，了解历史人物是一个什么样的人，哪些品质值得学习。这样一来，既能让旅游景点受益，也能让年轻人有所收获。

互动与思考

问：回顾你最喜欢玩的一个机制、阵营本，根据本书中介绍的机制类型，判断游戏使用了哪类机制。这类机制最吸引你的地方是什么？尝试将它作为主机制，匹配你笔下的故事和人物。

情怀与情绪的魔力：主题氛围本

提到剧本游戏的氛围，人们首先想到的是恐怖密室和没有通风设备的幽暗地下室——无数隔断打造的狭小空间，超负荷运转的声光电设备，随处摆放的可燃装饰物……虽然空间布置的诡异氛围感到位了，但消防隐患非常多。

禁闭空间困住了消费者对剧本游戏的认知，也限制了内容创作者的思路。氛围不一定要通过空间环境来营造，人的情绪才是打造氛围的最佳途径，喜、怒、忧、思、悲、恐、惊，任何一种情绪达到极致，都能感染所有人。一部作品能否只用文字、不借助任何辅助、不应用场景，就可以有效调动人的七情六欲呢？答案是可以的！无数作家早就运用小说这一文学体裁做到了。

任何文化形态都具有互通性，人们玩游戏就能激发创作的欲望，从而衍生出文字内容。人们读文学作品，观看电影、电视剧，就想去更深入地与之产生亲密接触。在这种循环中，新的文学形态就会应运而生。比如，奇幻类型网络文学与游戏的衍生关系，“D&D 游戏体系于 20 世纪 80 年代到 21 世纪占据欧美奇幻文学的主流地位，这一体系在中国以《无冬之夜》《博德之门》《冰风谷》等电子游戏作为载体，经中国最早的一批网民进行传播，在其影响之下，确立了网络文学奇幻类型的写作范畴，又在‘哈利·波特’系列，以及《权力的游戏》《仙剑奇侠传》等国内外优秀影视作品、游戏 IP 的推动下，迅速形成一种独特的类型。”[①] 国产剧本游戏的发展，离不开网络小说读者和影视观众形成的受众基础。我们在本书中将 IP 改编的创作划分为主题氛围这一类型，正是基于拓展编剧创作思路的初衷。

在当下丰富的文化语境中，“主题”并不能用单一的词汇概括，更多的是以故事核的形态呈现。故事核是一部作品带有提纲挈领性质的叙事母题。一部小说、一部电影，都拥有一个已经被加工的、被市场验证过的优秀主题。因此，小说、影视 IP 改编在剧本游戏领域不仅是单纯的内容转化，而是新兴业态良性发展的一条通途。

“推理大师”参考以往的运营经验，对拥有原创 IP 的新手编剧

---

① 邵燕君 . 网络文学经典解读 [M]. 北京：北京大学出版社，2016.

提出带有启发性的假设。如果你想将一部小说改编成一部影视产品，就需要一个庞大的工作集体相互配合，资金、人力、物力的投入都很高。不过，要是将其改编成剧本游戏，创作成以编剧写作文本为主体的印刷品，就能节约成本，是将原有内容变现的一种有效方式。新兴行业为原创作者赋能是一个有价值的事情，可以让编剧更快地获得收入，其作品也可以更快速地抵达市场端的消费场景，接触实体店和消费人群。让玩家走到线下去体验内容和服务，加快了原创 IP 变现的速度，拓展了产品输出的维度。未来，随着剧本游戏行业的发展，一定会出现针对原创 IP 更完善、成熟的合作模式，能更有效地将原创 IP 推广到人群、影响力渠道。

那么，主题 IP 如何改编成剧本游戏呢？以下选取了改编自大家耳熟能详的影视 IP《大话西游》的同名剧本游戏，以及社会派推理作品《坏小孩》作为案例，便于读者理解改编的意义。情怀即主题，将经典电影《大话西游》改编成剧本游戏，这一实践力证了类型创作的可能性。在市面上的作品中，符合“社会派推理”这一定义的剧本游戏屈指可数，《坏小孩》是原作者紫金陈社会派推理三部曲之一，可谓国产推理小说的星光佳作。《大话西游》与《坏小孩》，这两部不同类别的 IP 作品的魅力如何以剧本游戏为载体发挥出来呢？对此，我们将在开发者的叙述中一一展现。

影视 IP 改编案例：剧本游戏《大话西游》

刘宇 《大话西游》剧本游戏项目负责人

剧本游戏《大话西游》海报
该图片由范江浩提供。

《大话西游》是国内首部正版影视授权同名 IP 剧本游戏，由臭猴子工作室和梦墨绘梦馆联合开发与发行。作为臭猴子工作室的主理人、项目负责人之一，我本身是周星驰的粉丝。

我们是在 2020 年发起这个项目的，当时，影视改编剧本游戏的项目并不多，比较知名的是《成化十四年》。

授权合同流程是项目进程最长的环节，但既然要做，就要合作得正规合法。2020 年底，我和合伙人范江浩去西影集团洽谈，跟进合同细节，一直持续到 2021 年 4 月才敲定了合同。我们很幸运，能拿到这个 IP 的改编权限，很感谢西影集团的信任。接着，我们进入了最紧张的创作期，前期搭建框架、构思，用了五个月。一般来说，剧本游戏在展会上的意向能破千就是很好的成绩了。2021年9月，《大话西游》在展会初次亮相，开了6车公车[①]，达成了3700套的购买意向。

我们选择了行业内比较成熟的作者黄浦春马、监制筱筱与我们共同去呈现这个欢乐的、无厘头的、情感演绎剧场的游戏，他们都是打造过高品质爆款的从业者。我认为，影视IP改编是剧本游戏生产者的一个很好的选择，不仅有受众流量基础，而且还能传递原作IP的动人之处，甚至能让更多的玩家玩过剧本之后，反向地去欣赏原作本身。

每个人都有自己儿时喜欢的电影，每一部电影都有一种情怀，情怀本身就是主题。我们保留了电影中的两个剧作核心——喜剧和爱情。先来说喜剧。以前，我们是隔着屏幕看周星驰无厘头的风格的，现在玩家可以参与进去，成为表演者之一。剧本游戏《大话西游》的主题氛围的定位就是基于情绪的，且欢乐和感动是主要情绪。在环节设置上，这个过程是循序渐进的，前半段欢乐，后半段开始转入悲情，让人笑着笑着就哭了。如果喜剧风格从始至终都是一样的，玩家就会感到疲惫。因此，我们在设计的时

① 公车是指剧本游戏展会上，由某一承办方或某一发行方组织的一局体验游戏，参与者多为店家等有购买正版游戏资格的人员。

候力求把喜剧做出层次，将无厘头搞笑、黑色幽默、环境错位等多种喜剧风格融入其中，寓庄于谐，伴随着演绎和玩法环节，穿插情绪过渡，NPC 和 DM 与玩家产生适度互动，打造半沉浸式剧场的体验。由于剧本游戏注重每一位参与者的感受，因此我们改编的重点就是要调动现场每个人的情绪。

当然，影视 IP 也是一把双刃剑：一方面，要保持原著的魅力，否则会被人诟病“你这是挂羊头卖狗肉”；另一方面，不能照着原来的电影剧情和结构抄，否则玩家会觉得“你这是让我又玩了一遍电影啊，还不如再去看电影呢”。

代入感是可以靠原作来调动的，但这只是一个入口，一旦情绪进入情景，就要让每个玩家都走进与自己有关的故事。影视作品的角色设定都是主角概念——男一号、女一号，最多扩展到男二号、女二号。然而，剧本游戏要求每个人都是主角，角色的设定和戏量的分配也是影视 IP 改编的重点。对于玩家来说，如果不了解影视作品，就不会知道哪个角色是故事 C 位了。然而，《大话西游》这部电影主打爱情，至尊宝和紫霞的感情纠葛打动了一代人，绝大多数人都看过这部电影，都知道他们是情感主 C，因此都会想玩这两个角色。如果没抢到，就会觉得不开心。对此，我们在改编时调整侧重点，将笔墨放在加强每个角色的感情线上，不仅丰富了人物关系，而且让每个人物的剧情线都很充实，让每个玩家都感到不枉此行。

对于由影视 IP 改编的剧本游戏，我觉得店家要想让开本的效果更好，那么很重要的一点是演绎，因为玩家想要的是在电影中体验属于自己的故事，而不是在游戏中体验电影。电影情怀粉已经有了视听影像的基础，视频和书面文字的能量不足以满足他们的需求。他们已经非常了解这个故事了，那么客观介质的功能就只是给他们提示信息。要想让玩家有沉浸感，就一定需要现场互动，以触发更多人与人的联结，这种互动来自 NPC，来自主持人，来自身边的这些玩家。因此，《大话西游》对店家开本确实有要求，但并不是说要提供多么酷炫的布景，关键是要认真对待。

《坏小孩》是国内著名推理小说家紫金陈脍炙人口的作品，将其做成剧本游戏，是“惊人院”与作家紫金陈的联名合作。小说中塑造的人物都是可以出现在游戏中的，为了更好地呈现原著小说的魅力，“惊人院”选择了社会派推理本为主要类型，叠加了还原和立意。与剧本游戏同步生产的产品还包括解谜书。

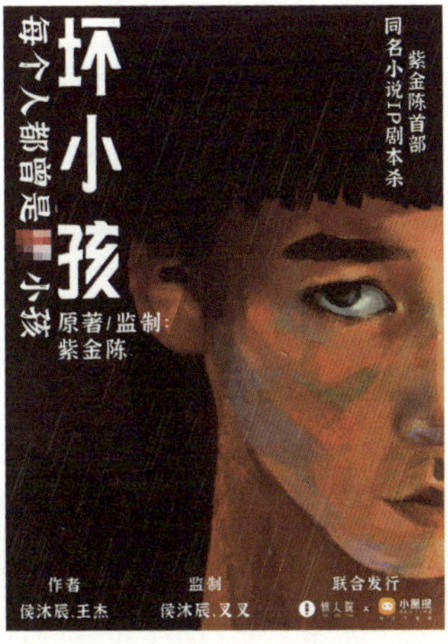

剧本游戏《坏小孩》海报
该图片由「惊人院」提供。

《隐秘的角落》为剧本游戏的宣发奠定了扎实的基础和可观的受众群体，太多人想去体验这个惊心动魄的故事。心理悬疑作为主要参考类型，也是一种表现手法，一套成熟的创作模式，有其特有的故事驱动力。创作的关键点在于，编剧团队选择了用心理悬疑的质感去打造内容，情感也被笼罩在悬疑之下，每一个环节都将营造统一的氛围感，丰富的心理活动与抉择是其主要的互动逻辑，玩家在线下参与剧本游戏，在进程中与原著小说亲密接触，获得共创作品的独特感受，实现阅读与游戏的联动。

类型创作标准的意义

剧本游戏发展至今，类型化创作与标准化写作仍是一个值得探讨的话题。如果将其对标影视行业，那么故事系统和标准生产流程可以提效降本，省略冗余的环节，让内容产品的生产过程变得快捷、高效。

一个内容行业，需要数量可观的代表作者和佳作，才能形成类型研究的基础。由于剧本游戏行业刚刚兴起，因此现在的分析只能停留在现状，意在为新手编剧提供写作思路。在实践中，优质平台公司仍采用与文化娱乐行业专业写作人才合作的方式，作者画像多为从业者，覆盖人群有影视编剧、小说作者、记者、媒体写手、编辑等，他们各有优势，也各有短板。在产品策划阶段，平台提供游戏设计、游戏监制、发行、测试团队去完成市场调研以及选题测评的部分，让作者、编剧主要在故事、人物、情节设计的层面发力。行业多采用这种互助模式完成一部独立的剧本游戏作品。实现生产结构的标准化，能减少大部分写作者因为知识体系的局限性、实践体验不充分而导致的创作精力浪费。一部作品能否成为符合大众审美的作品，是否受欢迎、创新性强，还需要编剧本身的认知和写作能力，类型标准只是呈现形式的特点，而不是创作、创意的标准化，它是具备参考意义的辅助知识，并不能完全控制奔涌的文思驰骋在文学创作的沃土里。

互动与思考

问：为什么《黑衣人》只有两个主角，也能成为一个知名 IP？是人物越多越能称之为 IP 吗？《黑衣人》除了两个主角，还有哪些固定的剧情元素？为什么这样组合？

参考答案：在构建故事的时候，人物越多不一定越好，更重要的是主要角色加概念的思路。比如，尽管《黑衣人》只有两个主角，但是他们隶属于一个抓捕外星人的组织，“组织”和“外星人”这两个变量元素能不断丰富剧情，使之成为一个故事宇宙。

第6章

密室诡计在剧本游戏写作中的应用

核诡推理是剧本游戏推理内容写作的核心。一般来说，编剧会先冒出一个这样的想法："是什么方式结束了这个人的性命？"写作思路也会像受害者一样被猎奇与凶残的手法绑架，失去整体性。核诡不仅仅是一个手法，更是一个系统，前人给我们留下了很多宝贵的创作经验，欧美推理小说从诞生之初就奠定了这一类型文学的地位。在所有大师中，约翰·迪克森·卡尔不同于其他作家把一种诡计模式诠释到登峰造极的地步，而是提出了多种多样的密室诡计，这对剧本游戏的创作者有很强的启发性。巧合诡计、幻觉鬼屋、穿越时空的机关、消失的冰柱、魔术伪装者、远距离诡计等，每一种诡计模式都便于后人灵活运用。当然，本章所介绍的密室诡计，仅仅是最基本的内容，还有更加丰富的变化模型。正如在卡尔的小说中，菲尔博士在分享密室讲义时被哈德利粗暴地打断也没有大发雷霆，反而笑着承认自己的总结只是即兴概述，并非涵盖密室诡计的所有分支。这一情节也恰如其分地反映了作者的期待——还有更多的类型等待后人去挖掘和探索。

无论密室诡计如何千变万化，不外乎都是几种核心方法的改良和变异而已。

——约翰·迪克森·卡尔《三口棺材》

卡尔是谁

约翰·迪克森·卡尔出生于1906年，是美国著名的推理小说家，被后人誉为“密室之王”。卡尔和阿加莎·克里斯蒂、埃勒里·奎因并称为“黄金时代三大家”。

与阿加莎擅长的暴风雪山庄模式不同，在卡尔的推理小说中，任何一个地方都有可能成为密室，虽然在侦破谜案和搜查证据的过程中缺少了“失联的密闭环境”这一元素，但是其推理难度和惊险程度与暴风雪山庄模式同样刺激。一桩桩在生活场景中发生的“不可能谜案”是其作品的最大特色，让众多悬疑推理小说读者对其欲罢不能。其中，“菲尔博士”系列最负盛名。这个系列小说的开山之作为《女巫角》，诞生于1933年。卡尔塑造的菲尔博士是一位学者侦探，他知识渊博又迷人，缜密的推理和学者的气质俘获了一众读者的心。第二年，卡尔又出版了《瘟疫庄谋杀案》，聪明又唠叨的大块头亨里爵士登场，这两个系列是卡尔最具代表性的作品。

20世纪30年代是卡尔的创作高峰期，《三口棺材》《扭曲的铰链》《犹大之窗》三部作品问世，成为推理小说历史上无法超越的经典。后人广为流传的13个密室说法，实际上不止有13个，卡尔于1977年离开人世，在他40余载的创作生涯中，设计了50多种不同类型的密室。“13个密室”的说法源于他在1935年出版的小说《三口棺材》中的一个章节，名为“密室讲义”。在这个章节中，菲尔博士和友人围坐在红色台灯周围分析案情，借着讨论密室脱身之谜的情节，菲尔博士道出了推理小说中密室诡计的逻辑模型，也表达了卡尔对于推理小说的创作思考。

悬疑推理小说读者对密室题材的着迷，是依托于所谓的“不可能犯罪”的。一个人被害，几个人都有重大嫌疑，一脸无辜的人看似不可能是凶手，但真相大白后，凶手偏偏就是这个人。读者以为故事结束了，却还有另外一个拥有完美不在场证明的人，这个人绝对不可能有作案的机会，偏偏就是他的动机最大。而让他暴露的竟然是侦探发现的一个微不足道的线索，这成了揭开谜团的关键。在谜案被侦破的过程中，不可能犯罪渐渐变得不可信，读者会大失所望，甚至一些密室题材的忠实爱好者也心存疑虑，把不可能犯罪的手法视为诡计。身为作者，卡尔允许读者不喜欢这样程式化的设定，但是并不是说使用了密室诡计这种常规模式，就可以定义一部推理作品的可信度及优劣。

忘记那条自以为是的密道

“无论密室诡计如何千变万化，不外乎都是几种核心方法的改良和变异而已。”小说中，菲尔博士的这句话道出了密室设计的真谛，也给现实中的创作者们带来无限的启发。像是戴着镣铐跳舞一样，尽管有一定之规，但如果运用得当，那也是美妙的。真正的推理迷都是逻辑狂、细节控。编剧在创作中最容易忽视的，也往往是逻辑和细节。不少编剧都会在写作中想当然，设计密室后，经常随意使用一种典型又常见的手法——毫无理由地就给一个密室提供密道。事实上，密道是密室内最缺乏逻辑的凶手逃脱手法，一间没有门窗的密室，无论是墙壁上的旋转门，还是地板上的孔洞，甚至一个玄乎其神的按钮，都只是编剧想象出来的形式，看似合理，却经不起推敲，因为这个密室是编剧设计的，这个故事也是编剧讲的，什么都由编剧说了算，但玩家没有发现，也没有操作的空间，体验一定是不好的。

本章所解读的内容是基于最原始的“密室讲义”而展开的。有些看似明知故问的思考，实际上蕴含着完美的写作思路，尽管这个思路不是唯一的方向，却是合理的途径。

剧本游戏中常用的密室诡计

巧合诡计

在卡尔提出的密室理论中，常用于剧本游戏创作的诡计是巧合诡计。有人将这种设定称为“三刀两毒”，但我们认为这种说法并不准确。因为“三刀两毒”是基于角色常见行为的总结，并没有以谜案本身为出发点，所以对于编剧来说，参考的价值并不大。

密室诡计的严谨之处，是以推理模型为核心进行延展。因此，巧合诡计才是编剧可参考的模式。对此，卡尔写道：“案发现场的密室的确密不透风，凶手未曾出逃的原因，是凶手实际上根本就不在密室里，由此可以推断出凶案并非不可能的密室谋杀，而是一连串巧合造成的谋杀故事。”这个模型为编剧提供了一个可以迅速建立角色之间对话的优质模式：每个人都参与了谜案，每个人都有嫌疑，到底谁是制造致命一击的凶手呢？他们行动的目标各是什么？背后的动机是什么？如何洗脱自己的嫌疑？他们处于时间线的哪个基点……谜案还原的话题由此展开，一个个问题在设计之初就应有答案，如果连编剧自己都无法回答，那么缺失的信息就会在故事的发展中产生不合理的故障。

巧合诡计是最常用的模型，也是最复杂的模式，需要编剧深思熟虑，想清楚所有问题解决的方向后再进行创作。

幻觉鬼屋

有人会说，既然是一个谜案，那么必须要有一个极端的拥有杀人动机的凶手。在凶手唯一且没有悬念的前提下，又希望提高玩家的参与度，有没有可以借鉴的密室模型呢？当然有！幻觉鬼屋就非常适用。

“若是真的存在一个凶手，那么谜案的确是谋杀，死者不小心落入了圈套，不幸撞进死亡陷阱，亲手杀害了自己。”正如小说中所表达的，这种密室手法的特点，是死者进入了一个房间并被困在其中，凶手或者帮凶可以在密室外实施致幻手段（如释放毒气、投毒药、放毒蛇、毒虫等）。死者因产生幻觉而发狂暴躁，让房间看起来像是有人打斗过的痕迹。在慌乱中，死者不慎碰到了致命的物体或者实施了自杀行为。凶手的动机是非常明确的，加害的过程是离奇曲折的，他如此兴师动众，就是要谋害死者。因此，玩家讨论的重点，由发散的问题变成了合力完成真凶作案的拼图，这样的锁凶过程既刺激又有趣。玩家从破解核诡的关键信息点中也能获得胜利快感，他们在将杂乱无章的信息碎片拼接成一条环环相扣的证据链条的过程中，其求知欲得到了极大的满足。因此，编剧在设计的过程中，需要推敲每一个断案细节，将谜案分解成思路清晰的信息碎片，提升核诡的操作乐趣。

穿越时空的机关

破解当下发生的密室谜案，对于现代的玩家来说是远远不够的，他们对探索真相的需求早已冲破了时空的束缚。前面讲过，死者的故事线一定要和所有的人物都有关联。那么，如何在谜案中体现前世今生的存在呢？卡尔给出了一个方向：“该案是谋杀，凶器是事先埋设在房中的某种机械装置，隐藏在家具内部，看似全无异状。这种装置可能是死去多年之人设下的陷阱、机关，或自动触发，或被今时今日的凶手加以利用。”暗藏玄机的陈设、神秘诡异的古董家具，甚至是老房子中的缜密机关，这些前人留下的东西，在当下既能变成杀害死者的凶器和装置，又能作为故事中的一个巧妙的突破口，引出角色之间上一代甚至跨越千年的恩怨纠葛，不失为一箭双雕的方法。

消失的冰柱

判定伤害事件是否发生，最重要的一环是凶器，凶器是一个可以大做文章的要点。由于凶手都会想方设法地藏匿凶器，因此，以凶手的动机为出发点去设计谜案是一个常规设定。但是，有没有可能，想藏匿凶器的人不是凶手，而是死者呢？“消失的冰柱”启发了这一创作思路。“该案属于自杀，但刻意伪装成谋杀，死者用冰柱刺死自己，冰柱融化后，密室中找不到凶器，遂判定为谋杀。”可溶解的发射物、利器作为伤害工具并不稀奇，发散的重点，并不是冰柱、冰子弹、冰箭等形式的发散，而是谜案发生在空间之内，凶手完全可以置身“室”外的可能性，隐藏利刃，混淆案发现场，这一行为背后的信息容量才是读者期待的内容。他们为什么要这么做？死者为何要藏匿凶器？为什么要把所有人都引入他人作案的歧途中，死者有什么动机？这是他的本意吗？其他人物和这件事有什么关系？是否有可能是有人在故意栽赃和陷害？每每联想到冰柱模型，一连串“为什么”就会浮出水面，为编剧提供了无限延展的写作空间。

魔术伪装者

混淆第一案发现场或作案时间，是凶手必须要完成的，没有喜欢暴露在光天化日之下的愚蠢凶手，尤其是在剧本游戏中，一旦凶手自曝[①]，一切乐趣就都荡然无存。在文本的设计中，凶手或者帮凶在杀人之余，还要干点什么呢？魔术伪装者诡计为不在场证明提供了参考方向——如何利用密室混淆视听？“该案确实是谋杀，凶手利用魔术手法和易容术故布疑阵，例如，房门有人监视，众人以为受害者安然无恙，殊不知其早已陈尸室内，凶手乔装成受害者，或者他的背影被人误认为是受害者，伪装者匆匆进门，卸下伪饰，迅速以本来面目走出房间，给人造成他出门时与别人擦肩而过的错觉，不在场证明随之成立。”安娜·凯瑟琳·格林（Anna Katharine Green）在她的长篇作品《利文沃兹案》中首次将这类诡计引入推理小说。受害者可以不是受害者，在“不可能犯罪”中，这种假定当然成立，梳理好时间线，设计好伪装的方法，冒牌受害者就可以在你的笔下实现有惊无险的逃脱。

远距离诡计

内藏薄刃的手杖、锋利的藤蔓树叶、从天而降的吊灯，甚至是通过管道奔涌而来的水流，都可以杀人。远距离诡计这一创作思路

① 自曝是指在剧本游戏中，凶手在不了解规则的前提下选择将身份公布于众，也包括有的玩家为了某种目的而进行自我坦白的行为。

让谜案发生的时间、地点出现了错位。

“受害者浑然不觉，走进另一个房间后才倒地猝死，事后找不到凶器。我记得一个非常生动的例子，受害者正要把一只雕刻得夸张怪异的蝎子状烟斗放进嘴里，那蝎子竟有了生命，张牙舞爪起来。”卡尔借菲尔博士之口道出，密室手法中最精彩的模型莫过于远距离诡计，这种设定适用于真正的谜案还原。推定的受害者的死亡时间通常早于实际作案时间，受害者往往是先遭遇了攻击，陷入昏迷，行凶者故作惊恐，与一众人共同闯入实施伤害的领域，率先接触受害者，在一瞬间行凶得逞，并误导其他人，成为目击证人。这类诡计的变体经久不衰。应用场景繁多，轮船、废弃房屋、阁楼，甚至是一场热闹的舞会，都可以是发生谜案的现场。

所谓的“远距离”并非其狭义的定义，可将其理解为时间间隔的时长以及空间相距的距离。在推理写作中，延伸为利用众人的错觉混淆视听。这类诡计的作案时刻发生在一瞬间，也就是检查、“营救”受害者的那一刻，作案者通常拥有超越常人的心理素质，敢当着所有人的面下手，没有人知道他在之前做了什么铺垫，导致受害者即刻毙命。误导剧中人的诡计，也是编剧开启剧本游戏中悖论的方法，当所有推理导向一个人时，他却是实施救助的最佳人选，错位的时空，近在咫尺的凶手，如何打破悖论，锁定真凶，一场心理战拉开序幕。

密室诡计就像插在锁眼里的钥匙，对钥匙动手脚是盛行的经典手法，各种操作方法也广为人知。然而，无论是利用时间差还是小工具，这把钥匙真的可以在你的故事里派上用场吗？密室诡计无穷无尽，你找到了这把钥匙，是否可以打开创作中的密室之门呢？有一个不变的准则，就是要先理解应用场景，再使用模型。若生搬硬套、操之过急，钥匙一旦折断在锁眼里，就会将创作封闭，那真是得不偿失的事。

互动与思考

任选一个密室诡计，以其为模型，借助表格来设计一个谜案，整理出人物在故事主体时间线中的交汇点，从每个人物的视角还原作案过程，寻找是否有相悖之处。

第7章

DM的自我修养

DM 是什么

“DM”一词，在剧本游戏行业是一个在习惯性使用中产生的词汇。DM 是 Dungeon Master 的缩写，这个词来自桌游《龙与地下城》，这是一款较为知名的跑团游戏，是 D&D 游戏体系的代表。

DM 的原意为游戏中的一个人物称谓——“地下城主”，其本身就带有浓郁的戏剧色彩。在桌游剧本里，DM 引申为游戏的组织者、主持人，也是裁判、公证人、氛围的引导者。最广泛的称谓为“组织者”，盒装剧本游戏中的关键文本“组织者手册”也是给 DM 的专属文档。组织者是一个综合能力很强的职业，担任组织者的人，需要具备主持人、演说家、表演者三位一体的技能，DM 水平的高低对玩家的体验起着至关重要的作用。

对于实体店来说，DM 就是员工，他们熟悉门店的开本模式，上班形式分为全职和兼职。全职 DM 有底薪和提成，月薪与组织的场次成正比，主持的场次越多收入越高。周末和节假日是人们参与休闲娱乐的高峰期，DM 不能正常休假，要接待到店的玩家。剧本游戏开场前，DM 需要统筹每一局的开本时间，协调车上玩家的到场情况，在出现跳车[①]的突发情况时，其他DM能及时打好辅助位，

① 跳车是指在同一时间、地点，本局中有一位或多位玩家突然离场，导致游戏人数减少，不能继续进行下去的现象。

让游戏顺利进行下去。

DM还需要布置房间、负责服化道[1]、保持房间卫生。在玩家到店后，DM要引领他们进入相应主题的房间进行游戏活动。活动中，DM除了推进流程，更要控场，杜绝玩家之间产生与剧本无关的不良情绪和矛盾争执，及时处理危机。结束后，DM还要送玩家离开，帮客人拍照以及处理售后。琐碎的日常工作内容要求DM心思细腻，具有基本的服务意识——要意识到，DM不仅是游戏组织者、表演者，更是服务于玩家的店员，有店面维护的职责。

DM还需要始终记得，剧本游戏是以玩家为核心的，而非DM。身为组织者，不仅要投入每一个关键环节，更要把握关键环节的节奏和调性，分配剧本、搜索证据、揭秘密室、NPC互动，以及灵魂拷问等，在每个环节都需要考虑到每个玩家的程度和特点，协助其更沉浸于角色。

然而，DM提供给玩家的体验，绝不局限于周到的服务。为什么线上剧本游戏如此发达，但仍有大量的玩家倾向于线下剧本游戏呢？他们凭什么愿意花更多的时间和精力去开启一场沉浸之旅？其实，很多玩家在选店的同时也是在选DM，DM对店家有着绝对的影响力，好的DM甚至决定了一家剧本游戏店的生死。在经营形态多样化的今天，对于店家来说，拥有有实力、有口碑的DM是至关

① 服化道是指服装、化妆、道具。

私享剧本游戏的消费场景
该图片由畹庐空间提供。

重要的。

有的 **DM** 已经建立了自我品牌，开启了走穴的模式，到车主[①]指定的空间带本，提供更加私享的体验，**DM** 上门服务的消费场景常见于企业高层团建或影视公司聚会。比如，畹庐空间是水墨艺术家沐斋先生与云心堂主理人宁珈共同营造的美学空间，并不完全对社会开放，主办东方美学沙龙。空间里的藏品、器物、首饰、墨宝均为私人收藏的文玩古董。玩家构成有企业领导、影视制作人员甚

① 车主是指邀约其他人参与一局剧本游戏，并安排游戏场所、协调游戏时间的主导者。

至公众人物，他们不方便到店里与陌生人拼车[1]，又想体验剧本游戏的乐趣，便选择在更加私密的空间场所进行游戏。私享局对上门DM的主持技能和职业素养提出了更高的要求。不过，DM上门经营的形式至今尚未形成气候，这也与优质人才的匮乏大有关系，市场空间也有待开发。

DM的岗位职责

组织玩家进行一场剧本游戏，称为“开本”。DM需要提前熟悉剧情和规则，这是对DM的一个基本的职业要求。有些DM在开本前根本不看DM手册，以为照着念就可以了，脑海中并没有建立故事思维，对内容还原一无所知，这种行为被剧本编剧怒称为“盲开”。盲开剧本的后果很严重，因为在开本的过程中，DM对剧本的一知半解会给玩家带来糟糕的体验。

如何阅读DM手册？首先，要了解剧本类型，这决定了这一场游戏的基调；其次，了解常规信息，包括男女玩家成员配置、人物关系、故事线、时间线、线索链这五个基本内容；再次，要点清物

① 拼车是指组织一局剧本游戏之前，按照玩家人数标准匹配人员，以达到标准人数。还指在游戏即将开始之时，突然发生了缺少玩家的情况，店家会安排工作人员凑齐人数，以保证游戏顺利开局。

品，包括盒装道具、辅助道具、换装道具等。合格的 DM 应当对玩家的角色特点烂熟于心，对凶手、帮凶、硬推位、幕后黑手的人设如数家珍，对情感关系和案情了如指掌却守口如瓶。出色的 DM 更能在一场游戏中，按照每一位玩家的角色特点设计情绪爆点，带动全场的互动体验。

在玩家走进房间后，DM 的工作就拉开了序幕。分为两个方面：一是推荐剧本，即如何把店里最具潜力的盒装剧本推荐给玩家，这是非常考其经验与话术的；二是在游戏推进过程中，DM 在组织以及进行 NPC 表演时能否发挥其主观能动性，带动氛围，维

DM 带领玩家讨论剧情

该图片由畹庐空间提供。

持公正。最重要的是，DM 需要与每个玩家适度交流，既不能将秘密和信息泄露给他们，又要照顾到他们的需求与情绪。不过，有一些悉心钻营的 DM 达到了以上的要求，也认真消化了 DM 手册，努力地扮演 NPC，还是会遭遇玩家频繁笑场带来的尴尬，这到底是为什么呢？来听听表演专业人士的解读吧！

我在演悲情，他在看喜剧

郑正　编剧、舞台剧演员、上海戏剧学院表演系

郑正

该图片由郑正提供。

我在演悲情，他在看喜剧，如此尴尬的翻车现场，经常发生在情感沉浸本的打本现场。为什么有的 DM 非常努力地表演，却换来玩家忍俊不禁的嘲笑？DM 要如何操作才能迅速捕捉到场上玩家的情绪痛点，引领他们去完成一场共情的体验呢？我们先不谈那些晦涩的理论，总结起来，要想做好 DM，就要做到这 12 个字——带节奏、搞气氛、抓心理、立人设。

带节奏，指的是 DM 要引导剧情，需要精准地把控情节节奏，懂得何时放慢节奏，何时又要加快推进剧情的速

度。举例来说，如果剧本中的一个环节仅需要20分钟，但是这一车的玩家对此非常感兴趣，那么DM就要延长阶段时长，切莫在大家玩得最开心的时候强行进入下一个环节；相反，如果一个环节在DM手册中写明是重中之重，可在场的玩家对此毫无兴致，那么DM就需要及时止损，迅速进入大家更感兴趣的环节。

搞气氛，指的是DM通过表演，将玩家带入剧本的气氛中，让他们感到仿佛身临其境，惊吓点、催泪点、搞笑点，一个都不少。人与人之间的互动是很微妙的，每个人都是一个情绪的载体，演员之间讲究"碰撞"。这一概念也可以引申到开本的过程中。DM要发现场上玩家的特点，比如，她爱哭，他喜欢推理，他胆子小。为了全场的氛围，可以适当"牺牲"某位玩家，女生的尖叫和男生的眼泪，都是绝佳的氛围助力。

抓心理，指的是在一场游戏中，只有DM了解整个故事的原貌，开本的过程就是一场心理游戏。在不留剧情逻辑死角的前提下，要让每个玩家在故事中找到自己。DM要审视适度，既要做出公正的判罚，又要临场应变，做出即兴的调整，抓住玩家的心理诉求，满足其心中的期待，帮助其走入角色的内心，贴近人物关系，主动挑起矛盾冲突，激发情感高潮。

立人设，指的是DM本身就是一个角色，要想有自己

郑正舞台剧剧照

该图片由郑正提供。

的个人魅力，就要给自我定义，这样才能让一场游戏活起来，这也是很多店家致力于“店改”的原因。店改在DM的操作下，能让一个经典剧本焕然一新，做到锦上添花，甚至有的玩家会为了某位DM而专门登门，成了其追随者。

综上所述，DM就像一位导游，带着玩家在剧本的游乐园里遨游冒险；又像是一名导演，根据剧情进行二度创作，让玩家经历生离死别的悲欢离合；还像一位演员，用表情、声音语言和肢体动作将玩家带入剧情，感染玩家，仿佛这些故事和人物就活生生地出现在玩家面前。虽然DM是主持人，但不能理性地和玩家互动，不能像播报天气预报和时事新闻那样带玩家打本。要想成为一名出色的DM，就必须精通表演学，要从表演学理论高度出发，结合训练，提升自我修养。

说到表演，就必须要引出那位大家耳熟能详的表演学大师、苏联艺术家康斯坦丁·斯坦尼斯拉夫斯基了。想必很多人是从周星驰的电影《喜剧之王》里出现的那本《演员自我修养》一书认识他的。在现实中，斯坦尼体系表演方法也是目前为止所有学习表演艺术的人必学的。最高任务、贯穿行动、内心独白、有机天性、规定情境、性格化……这些斯坦尼体系里的专业术语是否让你看得云里雾里、不知所云呢？其实，这些都不难理解，所谓表演，就是印象。

一般来说，人们对于表演或演员最直观的印象是什么呢？就是当着众人的面，模仿一个人物的形象，或喜怒哀乐，或嬉笑怒骂。大家对于表演好坏的判断是，"放得开""说哭就哭，说笑就笑""演什么像什么"……没错，就是这种最简单的印象，这也是对一名表演者最直接的认可；反之，如果表演者当众表演时紧张、肢体僵硬、声音小、目光躲避，甚至手心直冒汗，那观众一定会觉得他的演技不怎么样。如果表演者能做到收放自如、形似、神似，可以自由把控语言、动作、表情，同时还能将情感传递给观众，让观众产生共鸣，就说明他是一个好的表演者。有谁规定镜头和观众是必备的呢？这不也正是一个好的 DM 应当达到的高度吗？

不过，DM 与演员相比，又存在本质的区别，代入感是其核心演技。DM 需要做到放松、有张有弛，让玩家对他产生充分的信任感并被他吸引，有种被邀请进剧情的感觉。尤其是在开局阶段，DM 的气场和气质对玩家的影响很大。

当玩家被邀请进故事里后，DM 就要施展魔法了，即让玩家相信故事的“假定性”。也就是说，玩家拿到角色后，要相信“我就是他 / 她”，从而彻底沉浸到剧情中去。

是的！表演艺术的精髓来自“假定性”，演员和观众都知道，所谓的剧情、服装、布景等都是假的、是假定的。然而，情感的体验是真实的，即我们常说的“戏假情真”。很多 DM 一开始没有将节奏和气氛“拿捏”住，带玩家匆匆进入剧情，导致玩家会因为心理上产生的草率感而把自己理性地隔离在故事情感之外，将游戏视为儿戏。别忘了游戏的英文是“play”，而不是“joke”，即玩家要“认真地玩，严肃地玩”才能入戏，才能算是一场成功的冒险之旅。

在斯坦尼体系表演方法中，很重要的一点是提到了演员对角色的塑造要有最高任务和贯穿行动，指的是一个角色形象在故事中所要完成的目的、梦想、欲望（即他要什么）；围绕着他出现在故事中的目的，他需要展开一系列行动，一步一步地实现自己的目标。当他遇到阻碍时会采取什么反应，从而形成反动作……随着这一系列动态的发展，角色形象逐渐被塑造出来。

在剧本游戏中，在一开始要给每位玩家安排好角色定位，DM 需要给每位玩家“说戏”，此时按照斯坦尼体系表演方法引导玩家是非常有效的。不过，与其说是引导，更像是一步步地“诱导”——最好是不着痕迹、旁敲侧击地刺激玩家，将其带入剧情的世界，这样玩家就能不自知地开始发挥和创作……不得不说，DM一定要是懂一点心理战术的引导者。

一个出色的DM要将语言和动作巧妙地结合起来，并创造性地展现给玩家，同时还要让玩家与自己一样进行这样的创造，这样他们才能真正地沉浸在剧情的情感世界里。

在莎士比亚的传世名著《哈姆雷特》中，有这样的一段话："动作对于语言，语言对于动作，都要恰到好处。因为做得太过火，便失去了演戏的本旨，自古至今，演戏的目的不过是好像把一面镜子举起来映照人性，使得美德显示她的本相，丑态露出她的原形，时代的形形色色一齐呈现在我们眼前。"

这段话清晰地揭示了表演的特质，和其他门类的艺术一样，它最根本的目的就是审美。演员通过表演，创造了美的艺术形象，带给了观众美的享受，这样表演艺术才算完成。

回想一下我们看过的艺术作品中的例子：《泰坦尼克号》里男女主人公的情感为什么那么感人？当然是最后杰克为罗丝所做出的死亡牺牲。不过，请你再想想，如果少了之前杰克教罗丝吐痰的那个动作，那么这份情感是不是少了点什么？是缺了一些真实感和铺垫吗？没错，的确会缺少真实感。这个吐痰的动作在后面也用到了，而且用得非常精彩。这个动作不但生动，而且是有象征意义的——身处不同世界、不同阶级的男女相互认同了，走进了彼此的世界，达成了和谐。

类似这样的动作不胜枚举：在《阿凡达》中，主人公成为阿凡达后冲出实验室跑到野外，两脚脚趾深深地插入土地，找到了生命和自然联结的快感；在《这个杀手不太冷》中，雷昂抱着小女孩，双脚腾空；在《情书》中，女主人公最后想要将画着自己肖像的书签塞起来，却发现自己的衣服没有口袋；在《色戒》中，易先生从车里像老鼠一样蹿回自己的公寓，孤独地坐在床边抚摸着床单上的皱褶；在《阳光灿烂的日子》里，马小军不停地爬上心爱之人家的窗户……有研究统计，人类传递信息70%靠的是动作，其次才是语言。

如果在一局剧本游戏中，由于DM的引导，玩家自己根据角色创造了生动有趣的动作（肢体和表情均可），那么将会产生多么好的效果！所有的玩家都会被这个人影响，将气氛烘托到顶点。事实上，大多数DM之所以会出现失败的演绎，都是因为他们太看重自己的动作，而忽略了在场所有人的动作，这也是为什么他的表演会引起玩家的笑声，而不是碰撞到了玩家的喜怒哀乐。

语言方面，DM对玩家说的话也一定要讲究，不能像在生活中那样，如同流水账，丝毫没有色彩和营养，否则玩家很快就会觉得无聊。表演艺术的台词讲究动作性、音乐性和画面性。

动作性是指说出的每句话，即使是一个标点符号，都要明确是说给谁听的，其方向、力度以及说这句话的目的、为何要说这句话等，都能让听的人明确知道这句话所蕴含的信息。同时，说话时不能满足于简单地让人听出那句话表面的意思，还要让人懂得它的弦外之音——潜台词更能充分展示人物的形象。

音乐性是指说话要注重声音的韵律感和节奏，DM 不一定需要嗓音条件多优越，更不需要说话如同唱歌般优美动听，但一定要注意声音要跟着剧情走：轻松的、压抑的、惊恐的、兴奋的、悲伤的、思索的、冷静的、疯狂的……转换自如。可以说，DM 的画外音能给整局游戏设定基调。

至于画面性，难度要求较大，但如果一个人能掌握，就可以说他是一位高水准 DM。他需要用自己的声音和语言，在玩家的脑海中勾勒出剧情的画面：年代背景、气氛情绪、质感，甚至是不同角色的声部音调，这幅画面还需要在他的声音把控下呈现出一种动态，故事的悬念和隐喻也在他的语言中隐隐透露出来……

很多人把表演的要义总结为“真听、真看、真感觉”，看上去很简单，但要真正做到则非常困难，只有经过理性的控制和训练，才能变为下意识的自然流露。这也是斯坦尼斯拉夫斯基所强调的：没有体系，只有有机天性，即通过演员的有意识的心理技术达到有机天性的下意识创作。如果DM能像这样，通过贯穿动作和最高任务的分析，利用对语言和动作的自由掌控，灵活多变地把控剧情中的气氛和情绪，同时引导玩家进行即兴的创造，让每个人创造出自己的人物形象，那么这局剧本游戏不就是一场身临其境的独特体验吗？

DM——责任心、坦诚、热爱、投入

彭士腾　影视演员、9推理俱乐部创始人之一

彭士腾
该图片由彭士腾提供。

9推理俱乐部的四位合伙人都是表演系毕业的：我毕业于北京电影学院表演学院，高梓淇毕业于上海戏剧学院表演系，赵天宇和陈宣铭也是专业的影视演员。身为演员，我们都是大家所说的“科班”出身。经营剧本游戏线下店，不代表我们以后不做演员了，我们给自己的定位还是演员。不过，既然要开店，就要把服务做到尽善尽美，至少要把DM带本这一项做到最好。

我们从2016年起就开始接触剧本游戏了，为了能开好店，我们去全国各地探店、打本。最密集的时候，一个

9 推理俱乐部剧本游戏房间内景
该图片由 9 推理俱乐部提供。

月探了十几家店，打了 30 多个本。我们发现，剧本游戏属于服务行业，开店有三个关键：（1）要有社会责任心；（2）环境要干净、舒适；（3）DM 的投入度要高。

我们都是亲自去选购剧本的，全程体验后再决定购入，严格筛选里面的内容。我们也这样要求 DM，要是连 DM 自己都不了解本里的内容，那么怎么给玩家做合适的推荐呢？因此，我们把责任心放在了首位。

其次，店面的卫生一定要保证干净、舒适。有的房间需要有全息影像，不能装窗户，但也要进行消毒除菌。店家需要按照自己的节奏和步骤，先保证配套设施质量合格，再加强对员工的培训。我们对DM的培训，比很多店都要严格。说实话，真的挺难的。一个没接触过剧本游戏的新人，就算他是表演、播音专业的，也需要培养。我们当然希望越快越好，因此会去招聘已经有带本经验的成熟就业者。他不仅需要具备技巧，还需要具有亲和力、有很强的表达欲和逻辑性。其中，亲和力是最重要的。如果DM能待人落落大方，玩家就不会有压力，会在第一时间对DM建立信任感，相信直到这个本开完，DM都是在保护他们的。"保证玩家的体验是完整的"，这是我们对DM最基本的要求。如果DM想省略掉几个环节，哪怕早结束半个小

9 推理俱乐部剧本游戏全息消费场景

该图片由 9 推理俱乐部提供。

时，玩家的心态都会不一样，都会觉得不尽兴。

DM 不仅要会待人接物，还要具有建立共情的表演属性。DM 在进场带本时，需要清楚地知道，这一场要给大家带来哪种情绪体验。比如，如果是带爱情主题的情感沉浸本，女性 DM 就比较适合，因为她具有更强的共情能力，对爱情也有更多的体会。就算一个本已经带了几十车，但 DM 读到里面的内容，最好还能保持那种悸动、心跳、惋惜、哀愁。无论是带什么本，DM 都得做到自己先动容，才能感染到玩家。

我们常说“表演要真诚”，什么是真诚？我记得第一次去展会时，有一位 DM 表演就义，就在一个酒店房间里，他双膝跪地，凝视屠刀（其实是一个塑料道具，但是他非常投入）。我们当时都惊呆了。一个没学过表演的人，虽然没技巧，但是能 100% 地投入，很专注，这跟名和利都没有关系，这叫什么？应该就是坦诚和热爱吧！

剧本游戏和狼人杀、密室逃脱的体验不同，核心体验的最大区别就来自 DM。DM 本身也是游戏中的一个人物，是一个丰满的角色，他自带功能，服务于游戏，服务于整个故事的推进。对于玩家来说，DM 的工作性质带有浪漫的色彩——不但可以陪你看电影，还可以陪你演完这场电影。DM 引导玩家参与其中，玩家就能获得一种参与创作的满足感。一车玩家满意了，后面还有更多车，我们永远在给自己挑毛病，没有完美的剧本，只有完美的店家，因此我们要把培训坚持下去，用表演专业的相关知识为服务保驾护航。

没有进入剧本游戏这个行业之前，我是影视演员，有很多同行在没接触剧本游戏之前都对它特别抵触，觉得“我每天开工就很累了，你还让我读剧本、讨论，那不是让我加班吗”。等他们体验之后，态度就会发生转变。我们在刚开始经营店面的时候也感到很不适应，开店前的确有点初生牛犊不怕虎，认为自己干了这么多年专业演员，带本这件事难不倒我们。然而，当我们真正实践的时候，碰到了各种各样的情况，有激烈争论的，还有炸车的、挂机[①]的等，有时的确感到很崩溃。如今，我们特别理解服务行业，这与剧组很不一样：剧组是相对封闭的，接触不到什么人；相反，开店就不一样了，会有不同社会身份的玩家来打本。当你与真实生活触碰得特别近时，你就会知道，最难的不是处理事情，而是处理人的情感波动。比如，朝九晚五的上班族和企业老板，他们的情感波动是不同的，这是生活本来的样子。你需要站在每个人的角度去考虑问题，让大家好接受，让大家玩得开心，你会发现，这不是你一个人的戏，而要引导一车人的感受。看到人生百态之后，再回

① 挂机是指参与剧本游戏的玩家不主动参与讨论，全程都在做与游戏无关的私事。

到戏剧、回到影视表演中，去演一个服务生，一个白领，一个店老板，就能抓住一个人物的维度，我觉得这是一件令人受益匪浅的事情。

同时，我们也注意到了观众的变化。随着科技的发展，观众已有太多渠道获取影像资讯了，因此，他们已不满足于看电影、电视剧，期望有更深入的抒发自己情感的方式，渴望参与一件有趣的事，而不再像以前那样，我给你看什么你就看什么。就这样，剧本游戏应运而生。如今，90 后是玩剧本游戏最活跃的群体，估计剧本游戏也会成为这代人的回忆，等他们老了以后，还会记得自己 18~30 岁时最喜欢玩的东西。人永远在长大，18~30 岁这个群体会变成 00 后、10 后，一代又一代延续下去。

如果你选择这个行业，那就请尊重这个行业，这样行业才会尊重你。

如果你选择当一个 DM，那么不管你是什么专业毕业的，都请做到有责任心、热爱、坦诚、投入。这不是一句空话，而是成为一名优秀 DM 的真正的秘诀。

互动与思考

选择任意两个剧本的DM手册，认真阅读，将其步骤和流程用最简单的文字罗列（如发本可写“发”，讨论可写“聊”）。把自己视为DM，体会两个剧本的节奏有何不同。选出你认为更清晰的流程，学习其优点。

第 8 章

剧本游戏连锁店的发展

一个行业从无到有，与每一位从业者的努力都密不可分。监制、发行、店家都是普通人，游戏是人发明的产物，展望一个事物的未来发展，过往的经验尤为重要。当下，剧本游戏店不仅停留在提供线下服务，也开启了研发线，打造属于自有品牌的产品，基于合作密切的发行方，采用城市限定[①]、全国发行的形式来打造品牌产品。在其发展的过程中，困难总是多于顺境，为何在新冠肺炎疫情这个特殊时期，诸多实体店遭遇了前所未有的重创，而剧本游戏线下体验店实现了爆发式增长？胡土土说，剧本游戏是“有限空间，无限游戏”。剧本游戏的异军突起，离不开每一位店面经营者用真金白银积累出来的商业经验，凝视时势的选择，未来孕育在创业者从困境到重生的实践经历，等待我们去体会、去发现。

梦想白日梦

胡土土　剧本监制、白日梦连锁品牌主理人

在进入剧本游戏行业之前，我曾是一位影视行业从业人员，主做网大[②]、网剧等。工作之余，我更是一个线下游

---

① 城市限定是发行词汇，区别于全国发行的一种销售模式，限定发行的区域为城市、省会等地，并限制发行的授权本数。

② 网大是指网络大电影。

戏爱好者，从2014年底开始，我就大量接触线下文娱类游戏了，比如桌游、密室逃脱等，属于国内相对早期的玩家。那时候，国内文娱行业也是刚刚兴起，各个城市发展的特色都不太相同。我不仅在北京玩，还会组队到国内其他城市打卡体验，我们称之为“远征”。

以北京地区为例，那时的线下游戏种类还没有这么丰富，剧本游戏并不普及，也不叫这个名字，而是属于桌游的一款名为“谋杀之谜”的游戏。当时桌游也是比较流行的线下游戏，比如像“卡坦岛”“阿瓦隆”以及后来火爆国内的“狼人杀”等。在一些桌游吧里，店家会给我们推荐一些复印的国外翻译本，称这是一个新的推理桌游，早期价格感人，30元就能玩一个本。比如，老玩家都知道的《死穿白》，算是最早进入我视野的“谋杀之谜”游戏。早期刚接触时，人们都非常喜欢：一方面，做侦探去推理逻辑、破获案件是一件动脑且很有意思的事情；另一方面，这是人们在现实中无法体会到的“人生扮演”。不过，那时国内市场还未兴起，用的都是国外翻译本，套路模式比较单一，我常组队的伙伴中大部分还是会选择桌游、密室逃脱，大家更渴望那些轻松快乐或是能释放压力的游戏。

2018年，我决定在北京筹备开店。在选择经营项目的时候，我对市场上所有的线下互动游戏项目进行了调研和分析。那时，桌游的热度出现了下衰，密室逃脱成为热门，剧杀游戏在市场中不声不响。对于我们这种经营者来说，选择一个实体店经营项目一定要做长远的规划，去看到它潜在的生命力和可持续性。桌游的核心问题很明显——缺失核心竞争力。人们去网上买副桌游，只要人够，在哪儿玩都行，因此店铺消费并不是唯一选择，而且桌游行业中对社群运营的需求远大于技术水准等，难以形成成熟的产业链。于是，我们把目光转向了密室逃脱。其实，密室逃脱从游戏的体验感上来讲是非常丰富饱满的，北京早期的密室逃脱知名品牌有 HEX、Star room、奥秘之家等，随着之后行业逐步升级，从机关机械类型升级为沉浸式的概念，便出现了 TFS、梦径、暴风岛这些行业中期的中流砥柱。

白日梦连锁品牌门店

该图片由白日梦连锁品牌门店提供。

当时在我的判断中，密室逃脱行业初期投入比较高。场景、机关、置景的费用不是一个小数目，运营比较重一些，且玩家消费上也是难以做到复购。

“剧本游戏”，这四个字顾名思义，它是以文字为载体，结合了机制、扮演、推理的游戏。自文字诞生以来，人类就已习惯了从阅读中获得体验，这种经验代代相传，我们对于包括小说、散文等在内的诸多文学载体都不陌生，这就是剧本游戏天然的基础。从经营的角度来看，与其他线下文娱行业相比，剧本游戏的产业链更完善，游戏形式更开放。因此，在对比了桌游、密室逃脱和剧本游戏后，我们最终选择了剧本游戏，并开始进行了线下店铺的初次尝试。当时，我提出了一个概念——“有限空间，无限游戏”，即在有限的主题空间中，讲述天马行空的故事，体验百转千回的人生。

2019 年，我们正式营业。当时，北京的剧本游戏店铺很少，大概只有 100 家，我们作为一个新兴行业中的萌新店家，在各个方面都不够成熟与专业，出过各种各样的问题。在这坎坷的一路中，我们一直在调整更新运营及管理思路，提升专业技术。我们在实践中抓住了重点，那就是 DM 与玩家的互动关系。

如果说作者是一个剧本游戏的编剧，当这一波玩家聚在一起时，每个人选择一个角色后去阅读剧本的那一刻开始，每个玩家就相当于一个演员，那么 DM 就是导演，同时也是引导玩家进行游戏的一个角色。这个剧本的世界里有些或明或暗的亮点等待玩家去发现，DM 的任务就是让每一个演员沉浸在各自的角色中，共同演绎一场精彩绝伦的谋杀案。“凶手”需要通过完美的谎言躲过大家的猜疑，而其他玩家则需要借助自己的火眼金睛让“凶手”无处躲藏。DM 的根本目的就是让玩家玩得开心，增强游戏体验。

剧本游戏行业是一个线下社交游戏的服务行业，因此 DM 必须要有以人为本的思想理念，他不仅是一个控场人，还是一个服务者。在长达几个小时的剧本体验中，他是代表店铺和玩家待在一起时间最长的人，玩家对 DM 的看法代表了玩家对店铺的看法。一个好的 DM 会让玩家感到如沐春风；相反，一个差的 DM 会让玩家厌烦之极。因此，一家剧本游戏线下店是否有回头客，跟 DM 是否专业成正相关。也就是说，DM 越专业，带动气氛越好，玩家的体验就会越好，回头客率越大；反之，则很小。

在每一场游戏中，DM 都要照顾在场的每个玩家的阅读速度、玩家的心理承受能力、玩家的性格。DM 要根据每个人的特点去沟通、去引领，一定要用心地去做！能被玩家认可，是每家店最开心的事情。有一件事，至今我仍然记得：我们的一个老玩家，他在工作中是个严厉的人，每天的压力都非常大，无法将生活和职场分开。后来，他在剧本游戏中得到了释放并因此很感激我们，这让我们很有成就感。还有一件事：我们曾接待过几个大学生，虽然游戏结束了，但他们还会跟我们的工作人员发信息聊剧情和想法。他们沉浸在剧本游戏所创作的世界中很长时间，就这样，我们的DM和他们聊故事聊了两个多星期……

对于剧本游戏，有的玩家是为了游戏性，有的玩家是为了结识新的朋友，有的玩家是为了宣泄情绪……剧本游戏是给每个人的礼物，是带大家逃脱现实的白日梦。

新冠肺炎疫情发生后，别说剧本游戏了，多少创业者都不知道下一步何去何从。对于像我们这种新兴、实体行业的从业者来说，压力更是非常大，谁都不知道这种状况会持续多久，谁都不知道接下来市场会如何。当时我们选择了坚持，我们认为这反而会带给剧本游戏行业一定的机会，让重资产娱乐项目的线下经营（如电影院、台球厅、网吧等这种传统文娱行业）变得更加艰难，甚至会出现更大型的洗牌。在互联网高度发达的今天，如果疫情持续很久，那么人们部分的需求都会发生转变。举个例子，我喜欢看电影，我可以有更多选择，买个投影仪在家里看就可以。而剧本游戏则不同，其核心是线下社交，人们的社交需求并不会因为短期事件而改变，人们永远都渴望去体验不同的人生，去做更多的白日梦。也正是这样的想法，支撑着我们熬过了那段最艰难的时期。在那段实体店家的黑暗岁月，我们做出了精准的选择，坚持以人为本的思路，曾梦过的百万雄兵如今都一一实现了。

参考文献

[1] 麦基 . 故事：材质 · 结构 · 风格和银幕剧作原理 [M]. 周铁东，译 . 天津：天津人民出版社，2016.

[2] 埃格里 . 编剧的艺术 [M]. 黄隽华，译 . 海口：海南出版社，2020.

[3] 亚当斯，多曼斯 . 游戏机制：高级游戏设计技术 [M]. 石曦，译 . 北京：人民邮电出版社，2014.

[4] 罗杰斯 . 通关！游戏设计之道（第 2 版）[M]. 孙懿，高济润，译 . 北京：人民邮电出版社，2016.

[5] 李德纯 . 战后日本文学史 [M]. 北京：人民文学出版社，2018.

[6] 岛田庄司 . 斜屋犯罪 [M]. 王鹏帆，译 . 北京：新星出版社，2012.

[7] 李振营，李慧欣 . 影视专业基础知识 [M]. 北京：中国传媒大学出版社，2009.

[8] 褚盟 . 谋杀的魅影：世界推理小说简史 [M]. 苏州：古吴轩出版社，2011.

[9] 佐佐木智广 . 游戏剧本怎么写：游戏编剧新手的入门指南 [M]. 支鹏浩，译 . 北京：人民邮电出版社，2018.

[10] 安德森 . 怦然心动：情感化交互设计指南 [M]. 侯景艳，胡冠玲，徐磊，译 . 北京：人民邮电出版社，2015.

[11] 邵燕君 . 网络文学经典解读 [M]. 北京：北京大学出版社，2016.

[12] 宋家玲 . 电影学前沿 [M]. 北京：中国传媒大学出版社，2006.

[13] 程波 . 先锋及其语境：中国当代电影的探索策略研究 [M]. 上海：上海交通大学出版社，2017.

[14] 周安华，等 . 当代电影新势力：亚洲新电影大师研究 [M]. 北京：北京大学出版社，2014.

[15] 卡尔 . 三口棺材 [M]. 辛可加，译 . 北京：新星出版社，2019.

[16] 格林 . 利文沃兹案 [M]. 吴幸宜，宋瑛堂，译 . 北京：新星出版社，2010.

[17] 斯坦尼斯拉夫斯基 . 演员自我修养 [M]. 刘杰，译 . 武汉：华中科技大学出版社，2015.

附　录

行业常用词汇表

按音序排列。

A

AP 行动点：即行动点数（action points），指系统中每个交互节点都对应一个行动点数。

B

菠萝头：指很难代入情感的玩家，他们也许不擅长推理，但在游戏中拒绝一切可能触发感动的环节或内容。

C

车：指在同一时间、地点，参与本局剧本游戏的玩家人员构成，如六人本有六个玩家加入游戏，六人为一车。

车主：指邀约其他人参与一局剧本游戏，并安排游戏场所、协调游戏时间的主导者。

城市限定：发行词汇，区别于全国发行的一种销售模式，限定发行的区域为城市、省会等地，并限制发行的授权本数。

吃鸡：来自写实大逃杀射击游戏的一种叫法，如在《刺激战场》这类游戏中，胜利者会得到一只烤鸡图标，并将胜利称为“吃鸡”，此类游戏也因此而被统称为“吃鸡”。在剧本游戏中，指基于玩家在竞技中的生存时间、伤害能力、防御能力设定角色随机死亡的游戏机制。

D

D&D 体系：指以《龙与地下城》为代表的一系列商业化桌上角色扮演游戏。

打本：指一位玩家参与、体验某一套剧本游戏的过程。

大富翁：从大富翁桌游演变出的一种玩法，指的是掷骰子、走地图、赚钱买东西、盖楼，以及类似的商业玩法。

店改：指店家在购买盒装剧本后，以盒装剧本为游戏文本，修改流程、游戏机制、结局、添加符合自家店特色的内容，以提升玩家的体验。北京店家猪猪堡就推出了游戏时长为 12 个小时的《金陵有座东君书院》。

F

服化道：指服装、化妆、道具。

G

公车：指剧本游戏展会上，由某一承办方或某一发行方组织的一局体验游戏，参与者多为店家等有购买正版游戏资格的人员。

公聊 vs 私聊：指玩家公开信息，探讨剧情以获得线索的沟通方式。与私聊不同，私聊是某一位玩家找到其他玩家进行单独沟通，信息的交换也相对私密。

挂机：指参与剧本游戏的玩家不主动参与讨论，全程都在做与游戏无关的私事。

H

还原本：指通过玩家的讨论和操作，还原故事、人物关系、人物动机等内容的剧本游戏。

J

机制、阵营本：分为机制本和阵营本，通常会有一个明确的游戏机制贯穿其中，角色设置明显分为两个或两个以上的对立阵营，是一种有对抗玩法的剧本游戏类型。

剧情公示：指公开展示给玩家的情节信息，介绍故事发生的时空、社会环境、人物关系的起承转合，暗示主题氛围；或是游戏进行到某个阶段，介绍先行事件，制造悬念，推进游戏进程的文字段落。

K

开本 vs 盲开：组织玩家进行一场剧本游戏，称为“开本”。DM 需要提前熟悉剧情和规则。有些 DM 在开本前根本不看 DM 手册，以为照着念就可以了，脑海中并没有建立故事思维，对内容还原一无所知，这种行为被剧本原作者们怒称为“盲开”。

N

NPC：英文“non-player character”的缩写，意思为“非玩家角色”。在剧本游戏中，指与玩家互动的、调动情绪的、不需要玩家扮演的游戏角色。在“惊人院”系列中，指一部作品中的角色出现在另外一部或多部作品中的设计概念。

P

拼车：指组织一局剧本游戏之前，按照玩家人数标准匹配人员，以达到标准人数。还指在游戏即将开始之时，突然发生了缺少玩家的情况，店家会安排工作人员凑齐人数，以保证游戏顺利开局。

Q

情感沉浸本：以情感为主题，重在让玩家沉浸、被情感打动，弱化了谜案推理的剧本游戏类型。

R

人物剧本：又称“人物本”，指每一位玩家拿到的单一角色为主线的段落文本，通读格式或采用分幕格式呈现，每一幕的主要内容包括事件现场描述、角色的人物维度、人物关系、情感、行为动机、驱动力，以及玩家需要完成的任务项等。

S

三坑文化：“三坑”是指洛丽塔、JK 制服、汉服三种服饰风格爱好者描述其喜好的常用措辞，由于进入这一流行服饰圈层需要花费大量金钱和精力，故爱好者称之为“入坑”。三坑文化是基于服装细分产业的一种亚文化现象。

锁凶：指在剧本游戏中，通过推理和线索卡提供的信息，依据作案时间、作案手法、证据链条锁定一位或多位玩家为具有明显嫌疑的人员。

T

TRPG：即 tabletop role-playing game 的缩写，指桌上角色扮演游戏。

跳车：指在同一时间、地点，本局中有一位或者多位玩家突然离场，导致游戏人数减少，不能继续进行下去的现象。

通读格式：指没有分幕、所有剧情都一次性呈现给玩家的格式。

推塔：指出现在即时战略游戏中的一种判定输赢的模式，通过摧毁对方阵营的防御堡垒塔以获取胜利。“塔”为地标专用量词，既可以是一个防御堡垒，也可以是一块基地。

推土机：指参与任何风格的剧本游戏都只注重推理，并且很擅长推理。由于情感沉浸类型的剧本轻推理，因此这类玩家很难有好的体验。

W

玩法环节：可以公开展示，也可以随机抽取或者隐藏的环节互动规则，比如解谜、随机、奖惩、竞速等。

玩法说明：指向玩家展示游戏规则、解释互动模式、行动方式、行动目标、技能使用方法等的文字说明。

网大：指网络大电影。

X

线索卡：在游戏进程中，每一幕阅读或每一轮公聊之后引导玩家讨论人物关系、破解谜案、情绪交流的信息卡片。线索卡分为两个系统：一个系统基于故事还原，包括世界观、背景、环境、人物前史等内容的提示信息；一个系统基于谜案还原，包括指向角色的直接证据、间接证据、环境证据、物理生物证据、重组证据、关联证据、采集证词、证据的使用方法等内容的提示信息。

Y

硬核推理本：是剧本游戏最原始的类型，玩家的操作以推理为主，重在考验玩家智商，运用知识和思维逻辑破解谜案，进而找到真相。

游戏机制：指对抗、合作、欺诈、大富翁、玩家对战玩家（PVP）、玩家对战环境（PVE）、推塔、吃鸡等。注意，并不是所有的游戏机制都能被称为“剧本游戏的机制”，只有在机制本与阵营本中，才会涉及严格意义上的、贯穿始终的机制。

Z

炸车：指玩家在游戏过程中因为线索繁多、阅读文字量过大、时间过长而主动提出结束游戏。

主题氛围本：是一种以文艺作品主体内容为核心设计，调动玩家综合情绪体验的剧本游戏类型。狭义的“主题”是提供单调的氛围或生理感受。如今所提倡的主题氛围本是围绕优质的影视产品、文学作品开发独特的剧本游戏。

自曝：指在剧本游戏中，凶手在不了解规则的前提下选择将身份公布于众，也包括有的玩家为了某种目的而进行自我坦白的行为。

组织者手册：又称“DM 手册”，指组织者在游戏进程中使用的说明书，是编剧向组织者（简称“DM”）说明游戏流程、环节、节奏、控场原则、主题氛围、机制玩法规则的提示文本，还包括 DM 在游戏中预定所讲的话术、台词，以及演绎者的出场顺序、表演动作、独白，环境光声效、道具迁换等舞台提示信息，还有线索证据解析、推理诡计逻辑、锁凶依据、时间轴、谜案还原等内容。

后　记

剧本游戏未来的样子

剧本游戏就像一个插件，能拼接不同的介质，未来会是一个多元化的呈现方式。当下，多元化沉浸是一个被行业重点讨论的课题，VR、AR、影院、博物馆、展览馆等，无论是科技感满满的视听技术，还是传统的文娱消费场景，都在探索与剧本游戏的融合模式。

对于行业从业者来说，剧本游戏是一个很好的寓教于乐的工具，“推理大师”的赵江波用了一个生动的形容——第三 ID。互联网出现之后，人们拥有现实身份与虚拟 ID，虚拟 ID 是一个半真实的身份，而剧本游戏是在有限的时间内，让人拥有了一个纯粹的虚拟身份，可以享受感官上的真实感和代入感。在游戏中，玩家拥有了主人公的视角，去看待它、学习它、记忆它，剧本游戏是一个模式和想法的转化。剧本游戏还能结合线下消费场景，以技术场景和服务配套设施作为重型端口[①]，可以提供身临其境的感觉。比如，你想看巨幕、听杜比，就必须去特定的场所，场所的确具备不可取代性，但这需要投入大量的资金。

与之相比，垂直内容是一个轻度板块，可以实现全民角色扮演。除了休闲娱乐场所，社区也可以举行群众游戏活动，尤其是无法参与大运动量的老年群众，与打麻将等博彩活动相比，剧本游戏相对更健康，空间也完全不受限制。社区居民只要有社交与休闲需求，社区就可以组织活动。对于企业来说，剧本游戏也是一个团建的利器。员工可以在游戏中深度体验企业文化，学习企业精神，未来将出现的 B 端需求也会为创作者带来机会与红利。

剧本游戏也可以延展至公益科普领域。贵阳“桌聚”已率先开发海洋环保题材的剧本游戏。自然环境保护是一个永恒的课题，创作者把保护动物的科普知识及环保知识融入游戏环节，让参与者在操作、体验、演绎、沉浸中敬畏自然、敬畏生命。

剧本游戏还可以延展至儿童教育领域。剧本游戏与 D&D 体系有着传承关系。欧美家庭儿童桌游《龙与地下城》历史悠久，当代 80 后、90 后父母对《克苏鲁的呼唤》《战锤》等跑团游戏也有一定的了解，这些都为国产儿童剧本游戏提供了很大的开发空间。“聚本玩家”的常聪是中国作家协会会员，也是一名儿童文学作家，她

① 重型端口是指那种大型的设施、设备和建筑，比如密室逃脱的密室。

与团队致力于研发国产儿童剧本游戏，开发容量小、不需要 DM 的桌游，重在承载家庭陪伴，让父母与孩子通过扮演角色、转换立场，在游戏中建立对话，进而改善亲子关系。通过以家庭为单位，推行早期教育剧本游戏，可提升孩子阅读、表达、探索、合作、独立的综合能力，促进亲子之间建立信任，也有助于情绪管理等多方面的良性发展。

此外，剧本游戏还可以深入心理咨询领域，与专业治疗方案相结合。

可见，剧本游戏的多元延展性为创作者提供了更多的垂直内容创作机会。基于不同的受众人群，谜案的核心也不一定是凶案。因此，剧本游戏还可以呈现更加细分的形态。

如今，内容合规、场所风控、市场严格监管是趋势，剧本游戏的内容方向也会越来越规范。身为从业者，我们认为非常有必要加以严格管理，这样才能给玩家带来真正的游戏体验和娱乐性。剧本游戏是一种利国利民、能对长治久安做出贡献的娱乐方式，而不是频繁涉足灰色地带的危险物种。头部企业都会朝着这个方向去努力，自我约束，然后去影响身边的伙伴、同行。只要调整和优化生产流程，就能形成一股正气，影响到更多的人。也许，标准化写作和分级创作也会在剧本游戏这个领域实践。

2021 年 8 月，“推理大师”与央视网合作，支持《风云剧会》

百人评审活动，实施“青年 +”战略布局，打造年轻态、颇具创新和破圈效应的内容创作者与行业经营者的互动。《风云剧会》有别于传统的展会销售模式，通过命题创作、评审团审核、征集原创作品，让生产过程更加透明化。

“推理大师”作为剧本游戏业内的先驱企业参与《风云剧会》，也代表了这个行业对未来的愿景与期待。第一，传递红色正能量，以高质量文学内容为基础，带动创意健康发展，改善同质化严重、思想立意不深刻、历史虚无主义泛滥的内容创作现状。采用“1+1”的模式为参与者赋能，修改审编，让他们了解剧本游戏的创作方法，在实践中增长知识并获得经济收益，成为行业未来发展的优秀人才。第二，剧本游戏属于泛娱乐产业，从业者进入门槛并不高。因此，从业者在内容端应以征稿活动为契机，征集更多尊重历史史实、立意健康、文笔优秀的作品，在上游创作的阶段，给予合格的创作者专业肯定，提升优质的红色爱国主义教育题材作品的曝光度，改变创作者追求感官刺激的错误认知。只有让更多内容健康、传播正能量的产品“出圈”，行业才能更具生命力，吸引更多市场资源的关注与支持。

从写作的角度来讲，在剧本游戏诞生之前，是无法做到让创作与消费场景直接对话的。在内容转化的变现路径实现了通路后，对内容产品的规划与生命周期就会更完善，行业也会期待编剧提供更具新颖的创意以及文学价值的文本写作。由于内容的匮乏和同质化，因此如今已出现了一些与剧本游戏本质背道而驰的商业形式。比如，有的店家会邀请表演者来给大家诵读，让剧本游戏变成了听故事的模式，这种形式并不是不可取，但是社交的意义何在？如今最重要的是，剧本的文本在质量上有很大的提升空间，店家要面对的问题也需要创作者更多的支持和帮助。

对于店家来说，既要以身作则，也要注意，只要是内容行业，就不可能一家独大。早期进入的优质平台公司，如今已具备了从上游到下游的先进经营经验，随着时间的推移，资深企业会帮助新生企业，源源不断地为每一个环节提供专业的帮助和服务。前者需要向后者讲述，这个行业是如何从零走到现在的，现在做什么样的事情是正确的方向，进入这个行业后要注意什么风险。正如赵江波所说："发挥你的价值，市场就会有你的收益在，一定要以包容的心态去拥抱更多的同行。"

未来的路往哪里走，影响的因素非常多，在严格监管与从业者自觉的前提下，文化产业可以有碰撞、有冲突、有竞争，但应实现相互监督、相互促进的良性发展，这就是未来。

本书的编写，得到了来自全国各地的行业头部平台、知名剧本开发、发行企业，以及优秀商户的大力支持，特此感谢：

行业头部平台代表

王梦池　　推理大师（北京夕文科技有限公司）

杨天意　　惊人院（北京惊鱼文化传媒有限公司）

知名剧本开发、发行企业代表

常聪　　聚本玩家文化传媒（北京）有限公司

刘宇　　重庆臭猴子文化科技有限公司

云凡　　深圳梦墨绘梦馆剧本游戏连锁

张振群　　沈阳铭思文化传播有限公司

优秀商户代表

宁珈　　畹庐空间

刁东宇　　北京白日梦剧本游戏连锁

王超　　贵阳桌聚文艺创作有限公司

王子鹏　　成都妖舍探案馆

高梓淇、彭士腾、赵天宇、陈宣铭　　9推理俱乐部

编剧帮剧本游戏创作联盟

编剧帮剧本游戏创作联盟由编剧帮发起，联合国内资深编剧、剧本游戏发行方、剧本游戏沉浸剧场运营公司、文娱影视企业、版权方等成立的剧本游戏行业联盟，旨在提升剧本游戏从业者的专业素养、行业交流、剧本发行、剧本交易市场、文娱产业合作等，推动剧本游戏行业健康发展。

图书在版编目（CIP）数据

剧本游戏写作入门 / 王曦，杜红军主编. -- 北京 : 中国人民大学出版社，2022.3
ISBN 978-7-300-30293-5

Ⅰ. ①剧… Ⅱ. ①王… ②杜… Ⅲ. ①文学写作学 Ⅳ. ①I04

中国版本图书馆CIP数据核字(2022)第023130号

剧本游戏写作入门

王 曦 杜红军 主编

Juben Youxi Xiezuo Rumen

出版发行	中国人民大学出版社		
社　　址	北京中关村大街 31 号	**邮政编码**	100080
电　　话	010-62511242（总编室）		010-62511770（质管部）
	010-82501766（邮购部）		010-62514148（门市部）
	010-62515195（发行公司）		010-62515275（盗版举报）
网　　址	http: //www.crup.com.cn		
经　　销	新华书店		
印　　刷	北京联兴盛业印刷股份有限公司		
规　　格	148mm×210mm 32 开本	**版　次**	2022 年 3 月第 1 版
印　　张	6.375 插页 1	**印　次**	2022 年 3 月第 1 次印刷
字　　数	120 000	**定　价**	59.00 元

北京阅想时代文化发展有限责任公司为中国人民大学出版社有限公司下属的商业新知事业部，致力于经管类优秀出版物（外版书为主）的策划及出版，主要涉及经济管理、金融、投资理财、心理学、成功励志、生活等出版领域，下设“阅想 · 商业”“阅想 · 财富”“阅想 · 新知”“阅想 · 心理”“阅想 · 生活”以及“阅想 · 人文”等多条产品线，致力于为国内商业人士提供涵盖先进、前沿的管理理念和思想的专业类图书和趋势类图书，同时也为满足商业人士的内心诉求，打造一系列提倡心理和生活健康的心理学图书和生活管理类图书。

《写作即疗愈：用文字改写人生》

- 作者埃利森 · 凡伦是作家、演说家和写作教练。
- 要为生活打开新的局面，语言是你可用的最有力的工具之一。

《写作即思考：在写作中训练你的思维能力》

- “读写能力”已经成为雇主最为看重的素质型技能之一，这一基本素质正在深刻影响这着人们的职场发展。
- 本书提供了一个很好的可能性，用写作的方法帮我们快速提升自己的思维能力，包括评估自己和他人的想法，阐述创意，提供解决问题的方法，还有确定行动的优先级。